# 來日方糖

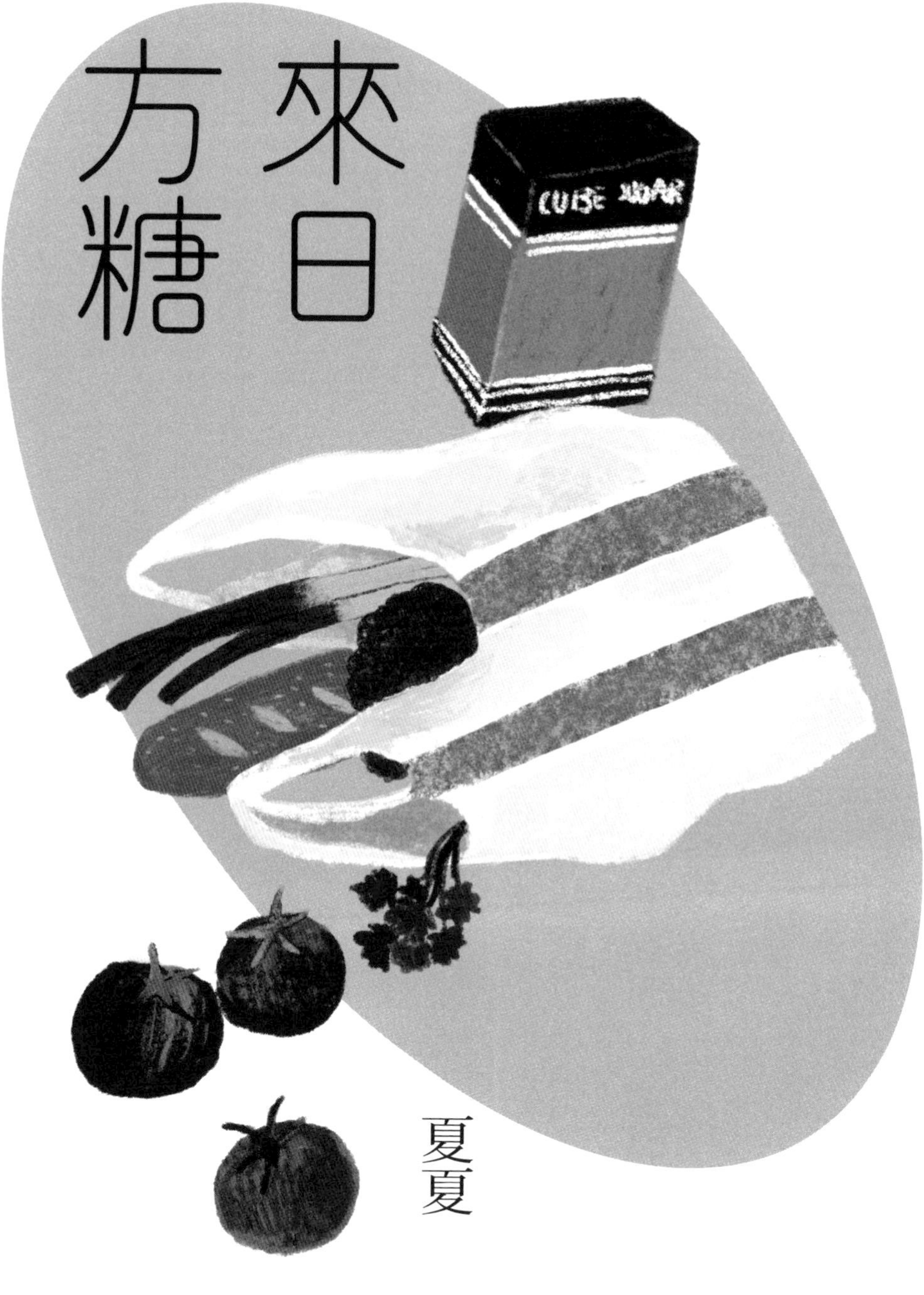


夏夏

# 目次



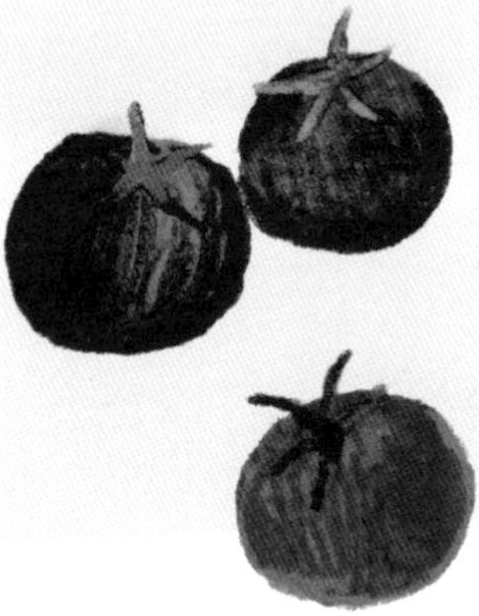

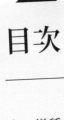

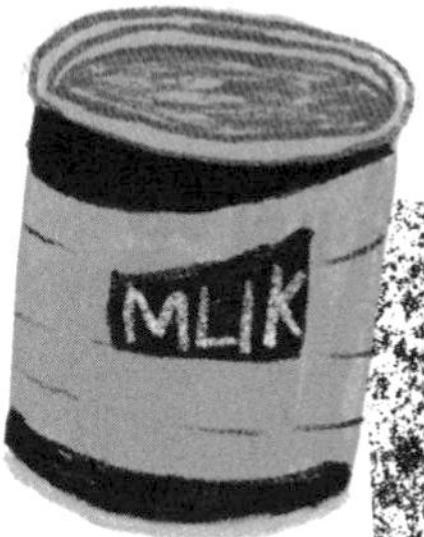
MLIK

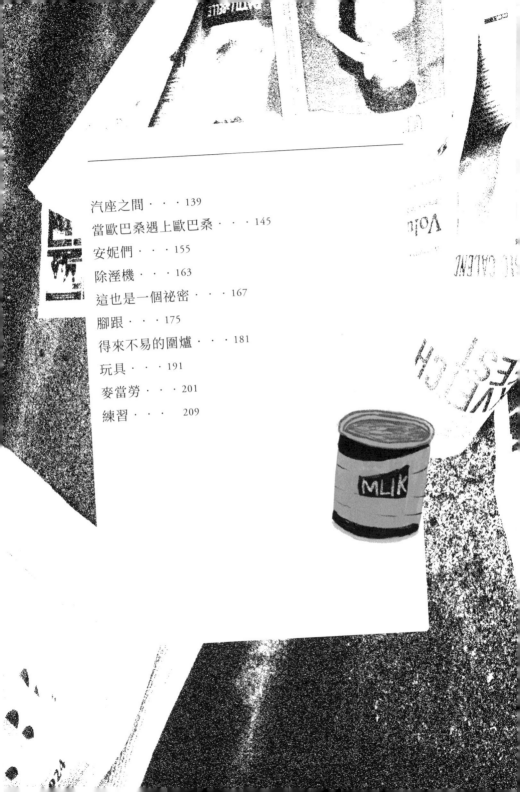

CUBE SUGAR

序

# 變種

距離二〇二二年年底這本書最終完稿，是三個多月前，而此刻寫下這篇序文的我，由於Covid-19確診正在居家隔離五天中。想到病毒擴散初期人心惶惶，病徵嚴重，新聞上播放染疫者與接觸者被醫療專車接走，送往特定住所隔離十四天或住院治療的畫面，仍心有餘悸。而拜截至目前為止施打的四劑疫苗所賜，我僅是稍有咳嗽與喉嚨微恙，甚至沒有發燒，體力更是無差別。

身處在被疫病覆蓋的世界，隨著病毒一再變種，我們的身心也跟著變種再變種，許多幾年前還會感到不可思議的現象如今習以為常。關於這些變化的細節，已有許多文字寫下、出版，而我所記錄的，在遙遠的未來也許能成為拼湊出一段集體記憶的碎片之一。

隔離在家的這幾天，才剛度過二〇二三年的跨年連假。白日裡，孩子和先生出門上班上學，我獨自在家，靜靜讀著所鍾愛的小說家妮可·克勞斯的《大宅》。書中由一張書桌拼湊出毫無關聯的人們的記憶，以及深深刻入靈魂的情感。讀著讀著，才赫然明白早已完結的二〇二二年為何在我心中留下這麼深的足印。

過去的我是不會為了一年的尾聲而感傷，反而滿心期待新年的到來。然而二〇二二年的五月卻是父親染疫並伴隨後遺症併發而病逝的一年。在心裡，我愚昧地認定只要二〇二二年還沒過完，父親離開我們就不過是剛發生的事，好像他這會兒只是出門工作去而已。而眼看這一年為數不多的日子用罄時，離去的事實彷彿被徹底落實了般，再無法改變，而且時間被推得更遠了。

我明明還這麼小，為什麼就沒了父母，成為孤兒？唯一和我一樣處境的同齡朋友來家裡作客時，我幾乎用虔敬的心向他請教十幾年來作為過來人的心得。

當然，生命不會只有悲傷，淚水也能是甜美的。幸好有生活帶來的忙碌沖淡憂傷，淘洗出甜美的滋味。有時候連自己都會感到驚訝，幾乎每日一成不變的作息，何以還能給我帶來這麼多啟發，感受到自己仍在持續「變種」的驚喜。我也因此越來越能坦然面對自己，挖掘隱藏在心中的文字，無論它們所散發出的是芬芳或惡臭。

那麼哭泣也沒關係了，因為來日方長，而且生命是不會吝於給予甘美的。

# 來日方糖

如今方糖已不常見。

去到超市或老一點的雜貨鋪還是能買得到，不過自從果糖問世，越來越少見到方糖。

從前買的是草綠盒子壓深綠色塊的維生方糖，包裝忠厚樸實，擺在冰箱門上，雞蛋格旁邊。包裝盒上的維生兩字帶有迫切性，我總想像在垂危之際，只消服下兩顆方糖，生命就得以維繫的荒唐景象。

在沒有多餘零用錢的孩童時期，經常偷吃這些規規矩矩排在盒裡的白色小正方體糖磚。為了掩飾吃過的痕跡，又像玩俄羅斯方塊一樣，把小糖磚重新排列一番。殊不知大人是不在意這幾塊小糖的，畢竟價廉量多，加之家裡沒有泡咖啡的習慣，一整盒方糖吃了個把月還吃不完。

細細的小糖粉沾在指尖上，光線下是晶亮的粉，白燦燦的好吸引人，一顆接一顆吃著，讓人遙想從未見過的細雪。這些甜滋滋的雪也怕熱，不一會兒就化掉，滿手滿臉都黏上了，才想起來要去洗手。

有時候擠檸檬汁，為要多榨出幾滴酸汁，不知不覺指尖皮膚變得皺巴巴的。這時候投幾顆糖到杯子裡，方正的磚體在水裡溶著，整齊切割的稜角在幾次攪拌下漸漸被消磨，剩下的糖塊沉在杯底，用看不見的速度分解中，美得讓人目不轉睛，還沒喝到嘴裡，眼睛就先甜起來。

泡茶時，也經常刻意不攪拌完全，小心翼翼不使它們太快溶去，端詳著積存在杯底的糖粒，彷彿被河水與歲月淘洗過留下的細砂，又像是時間的殘存。

最後，才仰頭將杯中最後幾口汁液連同碎糖粒一口氣倒進嘴裡，衝擊性的甜味充滿在口中，像是把所能收集到的幸福都一古腦兒用光，也沖淡了方才的苦澀。

喜歡方糖，其實是喜歡它溶的樣子。

溶在嘴裡的滋味也是讓人難忘的。因為糖粉極細小，一點點的水氣都能破壞它脆弱的方體，含在嘴裡時，舌尖能感覺到糖粒在嘴裡潰散，化成一股子甜膩，時間都來不及留住它，便消失了。

成年後，並未如想像般開始飲成年人的苦，譬如咖啡。後來連茶也少碰了。有陣子聽了朋友說法，想戒糖，結果戒不了。生活太需要甜了。

因為甜，使我能愛上酸與苦。為了享受最後一刻衝擊性的幸福，所有的勞動、忍耐都如箭矢，朝向那一刻奔去。

因為幸福太容易被忽視，所以需要甜來喚醒我們。

那一整盒方糖，彷若撿拾起每一份最最渺小的幸福，壓製成拿在手裡具分量的磚體，又分割成工整的小單位，在即使想要犒賞自己一下時，也不會奢侈到有罪惡感。說維生言重了，不過所想要維持的生活，說來只是能分辨出苦與甜，因而能懂得品嘗平淡的幸福。

不管端在手裡的這杯飲品是冰是熱，是苦是澀是酸楚，潔白的方糖都不惜染上那顏色，將自己完全化開來，在不經意的時候改變味覺。

若沒有這樣的甜，要如何飲得下杯裡的這杯苦液？只有時常把自己浸泡在這些微甜時刻裡，才有氣力把來日走得又長又遠。

# 字靈

記憶原來不僅只儲存在大腦裡，還有指縫、眼窩、肩膀、耳廓，在腰間、關節，在每一寸皮膚裡。

讀香港作家董啟章的小說《香港字》，藏在身體裡的記憶被發動了。電流竄過肌膚表層，連結起每一條電路，擦出火花，燃起的一瞬之光，照亮了記憶的一隅。

在這個角落裡，有字粒，以及刻字粒遺落下的碎屑。更多刻好的字粒堆放在桌上，還未刻的膠板在一旁靜待。那是我正在製作第一本詩集。

於此之前，因緣際會去了一趟臺中科博館。在不耐煩地等候團體行程結束時，信步到展示中國科學與藝術的展廳，見到活字版印刷的物件陳列。那雖是粗劣的仿製品，但回到家以後，我不住地想起展示櫃裡的字粒，幻想能仿效此法製作一本書，便開始動手把詩句中的每個字刻下來。

《香港字》書中寫到刻字人親手刻下字粒，再經鑄字的程序，方得到印刷使用的活字。此時火光照亮另一個角落，我埋頭坐在桌子前，只有眼前映著光亮。那時候隨身攜帶雕刻刀，一有機會便坐下來刻，眼裡只有字和刻字的念頭，身旁其餘的事情都顧不上也記不得，雙手拚命勞動著。由於是手刻在膠板上，字體有大有小，筆劃粗劣張狂，有些甚至歪斜與變形。但每一字都是心血，是涓滴，為要完成心中的汪洋字海，匯聚成能讀能懂的字句。完成的膠板約長寬一公分，黏在訂製的木章握柄上，遂成手工字粒。由於每字僅一只字粒，故用蓋印的形式在紙上逐字印上詩句，過程中反覆出錯、重置，耗時許久始完工。

待詩集完成，字粒們大功告成，自然就沒什麼機會派上用場。我尋來一只附蓋木盒，之前是盛裝清酒的包裝，把字粒整齊排在裡頭。奇怪的是，原本數量龐大的字粒們，工整排進盒子裡居然也不覺得多，反倒餘下一些空間，使得字粒們沒辦法安穩置放，稍微挪動盒子立時散亂，像一頁未經編排的胡言亂語。

現在火光燃燒得更旺，照亮記憶中的一日，獨自帶著印好的詩集，循著手中簡單繪製的地圖找到火車站後方的太原路。街上店家幾乎都拉下藍灰色鐵門，呈現一張張遲暮的臉孔，我在其中找到碩果僅存的日星鑄字行。門口昏暗，只店內一盞燈明亮，其餘皆蒙上暗影與灰塵。那時候誰都沒想到再過幾年鉛字能繁華再現，成為文創產品的寵兒，人人都樂意揀上幾個字作紀念，連悄靜字鋪裡喧譁的人聲都回來了。但是那一天店內一排排的字架，字和字彼此堆疊，形狀不易辨認，加上光線不足，像隨時要遭掃落淘汰的烏塊，早已習慣孤獨的寂靜。帶著仰慕的心情，我鼓起勇氣踏入，和店家說明來意，接待的婦人說，「老闆去做回收志工了，不在！」可見得生意冷清，處於半歇業狀態。婦人沒遇過這樣的人，大概以為一句話就可以把我打發掉，沒想到我是下定決心來的，還厚著臉皮開口要買字。

把要買的字列在紙上，交給店裡的人，幾日後再訪。這回老闆親自接待，交給我沉甸甸的鉛字，包裹在白紙裡。這些字粒們的體積，比我刻的那些更小、更細、更重。返家後，拆開紙包，字粒未沾油墨，各個銀亮嶄新。我將其收入木盒中。

手工字粒與鉛字粒擺在盒裡，恰好已滿，重量更沉，收在書架高處。除偶爾把玩，絕少有機會再開啟。我以為這些花費心力完整的收藏會永久帶在身邊，無論如何都不可捨棄。

這時另一處的火光亮了。我依舊拿著雕刻刀，趴在桌前重複刻著，更多的碎屑落在四周。只是這會兒刻的不是字，是圖。版畫、蓋印於我並無特別區分，目的在透過反字與反圖壓印紙上，重現複製的妙處，體會創造的樂趣。

為了印版畫，滾上又黏又亮的黑色油墨，印出一雙雙黑色的瞳仁，神情剛毅不容妥協。不知何時開始，十坪大的套房裡，簡陋的書桌、床、衣櫃等家具，木框帶雪花紋毛玻璃的窗子，漸漸化成版畫般的粗黑線條，我的神情也換上黑色的圓瞳仁，瞪視著前方，臉孔則是不容親近的僵硬線條，周圍的世界也被雕刻成死板板、硬邦邦的模樣。

火光這時滅了，世界被抹上一層厚厚的黑色油墨，再怎麼壓印，都只是徒勞複製更多的墨色。記憶到此暫時潛入地底，成為暗流。我傾身聽著，卻聽不見任何可辨認的線索。接下來到底發生什麼事？

偶爾在厚重的黑幕下，閃現一絲光線，像利刃劃過。很快地，刀痕交錯成雜亂的線條，使判讀變得更不可能。很多時候我拿著雕刻刀，麻木地刻著，彷彿不是為了要刻出圖樣，而是為了要把圖樣刻掉，版上留下的凸起處越來越少，話語也更加稀疏。

想不起來的事情，必定有其原因。

董啟章筆下的版畫家最後用極端的方式完成作品，是引用芥川龍之介的名作《地獄變》的另一番樣貌，描寫著靈與人捨棄自我而結合是藝術上最終的追求，卻也是一種毀滅。然而我並不是為了追求藝術的極致，而是希冀透過藝術的作為舒緩靈魂的極端狀態。也許記憶上附著的那層漆黑，是為了保護我免於再次受傷。

果然，這樣一想後，微弱的火光再度經由摩擦，燃起零星的火花。

這次照亮的是外頭。夜晚的馬路是一條黑河，流淌著濃濃稠稠的墨黑，似有似無地滑動。過了傍晚通勤時段，這段位處市區的邊緣地帶被暫時忘卻，只有快速道路的車輛遠遠地呼嘯，坐在車上的人一定不會注意到橋下這片雜草與雜物交織的荒境。路燈旁堆著一落垃圾，像唯一指路的燈塔，為茫茫然的流域定位出方位。更像一座候車處，這些無用之物在此聚集，等待一輛載運它們前往轉世的車，重新投胎成能被善待的物品。那天我經過幾回，猶豫再三，最後捧著木盒走向此處。木盒是不是又變得更重了？好似懷抱嬰孩，輕輕放在垃圾堆旁，我連蓋子都不敢打開，不敢再多看一眼，轉身就走，恐怕自己會成了瞬間即碎裂的鹽柱。如果把字們和這些落難同伴放在一起，它們是不是就不會寂寞了？但即便如此，那盒子猶如發光般躺在黑鴉鴉路邊的景象，卻像一幅鑿刻得很深的版畫印在心上。

許久的時間過去，為了自己的捨棄不知後悔過多少次，另一方面心裡又清楚地知道，為了生存下來，只能仿效沉船前的人，不得不拋下船上的所有重物。唯有拋棄才能換來漂浮，換得生命。等到回過頭來，才發現身旁已無可再拋，卻還在下沉，且環繞的大海不知何時已幻化為流沙，讓人連掙扎的權力都奪走了。

是字靈救了我。

一個個字，像老實的木頭、笨重的鉛塊，堆疊成向上爬的樓梯，我一步步走出了流沙。

火光終於顯得柔和些，不再像之前那樣刺眼，這次照亮的依然是書桌。就著一疊回收紙，幾枝撿到的筆，在紙張空白處不停地寫，字靈幫助我集中精神往上爬，一步走完再勉力踏出下一步，不要回頭。那時候的人和事都淡忘，唯獨寫字的感覺還記得，不知道要寫什麼的時候，就抄寫，用字把格子填滿，把紙張鋪滿，把時間度過。

脫身的方式一定不只一種，走在路上時經常會好奇想著，眼前這些貌似平凡的人們在生命慘澹的時刻，找到了什麼樣的逃生路徑，在他們的身上可有透露什麼樣的蛛絲馬跡？有沒有人和我一樣，依賴著字的幫助脫險？離開，不是全身而退，是斷了臂膀或腿腳，同時又換得了新的肢體，是不同於以往的自己了。

火光現在不再隨著風吹草動而搖晃，穩定放著光，記憶之流自地底湧出，向前奔流。光線所及之處是一幅版畫，畫中的人被埋在地底，同時另一個自己則拿著工具想把地底的人挖出來，在笨拙的雕刻線條下，神情看來專注與凝重。這是少數沒被拋下船的物品，意外地被夾在凌亂的資料中而遺留下來。

幸好人生不是小說，不需要有結局，不用向讀者有所交代，即使不合理也沒關係，而且大多時候都是沒頭沒尾進行著。或者該說，故事是人生的切片，而人生是故事的匯集，故事之間無法相互剝離，因此才能不斷地寫下去。

曾經被拋棄的字，說不定真的搭上轉世的車，喝了餽贈遺忘的孟婆湯，進入重生之道。它們早已經重回我的心裡，如潔淨的嬰孩，與我一同創造新的故事。

回到火光前，在我心中有一個想像的畫面是這樣子的。

倘若不是降生在現世，而是久遠的部落裡，在原始社會的分工中，我注定是要守在篝火旁，雙手不停歇地雕刻、製作、編織、撰寫、黏合、切割、記錄，直到火熄滅為止。且無論過了多久，轉世幾回，我最後還是會被火光吸引前來。也因此，每一次坐在書桌前，無論是勞作或寫作，我彷彿又成為曾坐在篝火前的那人，享受著自在安適。

# 錢包

那天我撿到錢包。

是一只拉鍊零錢包，布滿時下最流行的卡通花色，一看就知道是小孩子的東西，猜想應該不會有太多錢。不過為了保險起見，還是先打開來看看。

錢包本該是收納金錢與證件，視為貴重物品被慎重保管，結果裡面一塊錢也沒有，滿滿的都是小紙片。把紙片倒出來，展開，是小女孩之間的悄悄話。

雖然明知偷窺是不道德的，但還是忍不住看了又看。從字裡行間推測小主人該是十歲上下，學習表現應當不差，幾無別字，語意條理分明，字跡說不上端正，但也不壞。

在孩子心中友誼是貴重的，超越金錢。不，孩子絕不會把友誼和金錢拿來相提並論。

這些紙條，讓人記住了青春的模樣。一次上寫作課，混齡的班上有十歲的小學生，有算得上半個大人的高中生，也有中老年學員所組成。上課中說起傳紙條這件事，高中生露出一臉懷疑，原來他們上課都用手機偷傳訊息。我忍不住倚老賣老起來，分享傳紙條的最大樂趣之一是齊心協力，一張紙條從發信人手中傳到收信人的位置，得透過班上同學一個個趁著講臺上的老師不注意時塞給下一人，多刺激、多團結、多有愛啊。其次的樂趣是誰傳給誰，大家都知道，假使其中有暗通款曲，立刻又給班上添了新話題。而如何把紙條給摺得夠美、黏得夠緊才能保密到家，則是另外一門技藝。被抓到傳紙條要怎麼處置，則可以看出每位老師的脾性。不過年輕孩子還是無法領會，倒是其他稍有些年紀的學員不住地點頭表示贊同。紙條裡不只有字，還可以畫圖，想來應該也被通訊軟體的貼圖代替了。如今還會傳紙條的，只有年紀小，不被允許擁有手機的孩子了。

我手中這包紙條裡，小女孩纖細的心思在紙條中嶄露無遺。細小的字寫在碎紙片上，心意更是細碎，不住地和好朋友爭辯著是誰先說了誰的壞話，誰先不跟誰好。也猜得出來，她們一定和好了更多次。有幾張字條裡，剛學會忌妒的小女孩用了髒話，模仿成人世界裡所見過的惡意，因為好友之間的內鬨讓她的渺小世界起了巨大風暴，必須用仇恨的言語反抗。還有一張是字跡特別誠懇、情感真摯的信，把她對好友從起初的壞印象到之後的好感交代得鉅細靡遺。這要是一篇作文，肯定得高分。

看著看著，我不禁心疼起來，這麼小的孩子該是飽受人際紛爭的困擾，才會花這麼多心思不安地確認友情。

多虧了小女孩，讓人想起我們也曾是這樣，需要同伴才能無畏，渴望結夥證明自己的價值，追隨他人好換得短暫接納。經常覺得女性的情誼有著無比強韌的特質，愛恨都不能斬斷，且恨意往往更能加深連結。但願我是錯的。

青少年時期，在課堂間無聲傳遞的紙片才是生活的重心，黑板上的重點都無法與之比擬。跟好友吵架，比成績考差了還讓人沮喪。比起升學後要往何處去，更在意會不會跟好朋友繼續同校。下課要一起去買麵包嗎？放學要一起留下來念書嗎？沒辦法等下課再問，鉛筆盒裡隨時備著一本便利貼，當作迷你信紙寫著，傳著。也有同學用特地挑選的筆抄寫最愛的那段歌詞，傳給氣味相投的同學。下課時，百無聊賴地打開一疊紙條，彷彿時間被喚停了腳步，讀著上頭既不重要又重要的字句。雖然只是拙劣的印記，都被珍惜著。

也是在那時候，頭一次嘗到被排擠的滋味，眼睛都哭腫了。跌跌撞撞捱過去後，心上踏實地留下一抹疤痕，也明白了人是沒辦法輕易改變，誰都不該勉強誰。

畢業多年後，一次放長假回家，把紙條全丟了。想不起原因，終歸是不在意了，只因為沒辦法改變什麼，其中最無法改變的是自己，明白了以後就不用再糾結。

說來老套，不過成長的過程不都是這樣學會堅強的嗎？

像是不斷洗牌出牌，相同花色的放一起，必要時要狠下心來蓋牌，但絕對要緊握著王牌玩到最後，才有機會把自己贖回。花上幾年用青春繳了學費，漸漸能不顧異樣的眼光，不害怕沒有同伴，而純然地享受獨行的旅途。

由於知曉這些，所以無法輕看孩子的紙條。只是又有誰來告訴我，眼下的這只錢包該如何處理呢？

# 天臺

「要熟悉一座城市，也許最簡單的途徑是了解生活在其中的人們如何工作，如何相愛和死亡。」（瘟疫／卡繆）

經常看著鄰近社區的天臺，總是空蕩蕩的。包括我家的社區在內，因管理嚴格，中秋節不許上天臺烤肉放煙火。除棉被外，衣物不能晒天臺，盆栽雜物自然是不能有的，以免影響公共安全。經此嚴加管制，長年下來連人影也沒有。

天臺像一口棄置的井，空洞地張著口與天空對望，彷彿是為了承接天上而來的訪客所設的平臺，並不屬於我們的。不知道是不是因為太過單調，連鳥群都不願造訪，大部分的時間裡只有天光雲影在四四方方的地磚上挪移，切割出各類交錯的幾何，如現代圖騰般回應天空，成為名符其實的天臺。

不過，從二〇二一年五月份停課以來，天臺上多了些騷動。那時新冠肺炎疫情已轉為社區感染，疫苗尚且數量不足，因此實施全國停班停課。雖然沒有如卡繆的小說《瘟疫》中般封城，但人人都長時間躲在家裡，不敢隨易外出。

那天早晨，見到一對男女牽著狗在對面的天臺蹓著，這是住在這棟樓裡五年來，第一次見到天臺上的變化。那之後是一個孩子，大概為了應付老師出的作業，上來跳繩。一個彩色的小點在視線遠方持續跳動，有幾次就要以為是那棟灰撲撲的大樓所隱藏的心臟，在這段非常時期裡賣力地鼓動著。

再後來，扶老攜幼上來抬抬腿伸伸懶腰的最多，背著手沿著牆面繞行，像在巡視的也有，不過看起來更有幾分困獸的神情。還有的傍晚時分上來抽支菸，如祭天，讓煙霧自由地攀升到最高處，然後飄散，便完成一場私人的儀式，又回到生活的隊伍裡去。

兩三週過去了，一個大晴天，視線裡闖入一串花花綠綠。長長的晒衣繩將形狀規矩的天臺硬切出一條斜線，雜七雜八掛起花衣花褲，對著風飄盪。擺動的衫褲像一個個有機生物，在晒衣繩上此起彼落交談，讓人不禁回想起還是不久前，出門的路上總經過的那座公園，長椅上必定要坐著一排阿姨們。她們看起來都像，捲頭髮，頸上圈著小小的玉飾，身上一定有紅或紫的衣物，或是滿身通紅加紫花背包，聊天的時候不看對方，一律看著遠處，笑的時候也是。這類聚會多在買完菜後隨機開始，隨太陽逐漸升高至頂而隨興散去。怎麼如今想來，只警覺地聯想到「群聚」的風險？看來疫情帶來的病徵不只是生理上的反應，也包括心理層面。連家裡三歲的孩子都漸漸地把「等疫情過去後」這句話掛在嘴邊，談著他想念的溜滑梯和攀爬架。疫情過去後，還要再過多久，我們才敢無懼地坐在路邊聊天呢？想到這裡，又忍不住盯著天臺上那串晾晒的衣物，見它們靠得如此緊密，不由得羨慕。

我們也上去了。

前幾次是為了活動筋骨，在上面跑跳，也把晒棉被的鐵架當作單槓玩，和其他人家沒什麼不同。在屋裡待久了，突然間沐浴在戶外空間，有些不放心地細小念頭冒出來，我真的可以大口呼吸這些空氣嗎？

這陣子念給孩子的故事中包括《吹笛人》。故事中的小鎮鼠滿為患，靠著吹笛人不可思議的笛聲才得以驅趕。鼠患在過去的社會裡曾帶來無數次的災難，引發大規模的傳染，昔日的人類所面對的生存難題被故事記錄下來。另一則孩子愛聽的故事《胡桃鉗》裡，老鼠王有七顆頭，更顯陰森恐怖，反映出當時的鼠疫給人們帶來的驚懼陰影。以後我們將會如何描述這段戴著口罩與面罩出門的日子呢？或者，這只是未來景象的開端？

然而從這麼高的樓層望去，四周的建物、街道，遠處的橋梁、高速公路，世界恆常，好像不為所動。好像，這些出自我們的手建設出來的城市才是世界的本體，而我們只是寄居在其中的微小生物。接二連三的騷動對我們的生活影響甚鉅，但世界卻安然無恙地躺臥、矗立、鋪展著。

又一天，我們帶著報紙、毛巾、板凳、梳子、掃具，還有前一晚充飽電力的電動剪髮器，趕在日光還不炙人的早上，上到天臺去。因為疫情仍在肆虐，不敢上理髮店，但家裡的男士們頭髮已長得蓋臉，所以決定理髮。

高處的風，俐落直接地自四面八方撲來，引領我們望向遠方的山景。山頭上的小廟小墳都清晰，果然是好天氣。

鋪開報紙，擺上板凳，我依序替家人理髮。先生打頭陣，他的頭髮硬，唰啦唰啦剃起來很過癮，可惜被我剪壞了。公公是典型的地中海禿頭，平常也會坦然地開自己頭髮玩笑。但第一次替他理髮，我還是緊張得在前一天上網找教學影片，希望別把為數不多的頭髮剃壞了，結果也剪得差強人意。轉念一想，反正近期也不會出門見人。

最後是兩個兒子，他們新生的頭髮相當細軟，不過自出生來都由我剪，所以反而剪得最上手。四人剪畢，碎髮早被吹得不知何去。我們臉上滿是笑意，拍打著滿身髮渣，體驗從高處瞭望熟悉的地景，體驗渺小。

也就在此刻突然感覺到，原本以為疫情而暫停的生活，就滿滿地盛裝在天臺裡。

*二〇一九年傳出新冠肺炎（嚴重特殊傳染性肺炎，COVID-19）疫情後，隨即快速散播至全球。為避免病毒大規模傳染，二〇二一年五月十五日由行政院宣布全臺進入三

級警戒，全面停班停課，直到七月二十七日，之後改為二級警戒直至二〇二二年二月二十八日。同時間，衛福部亦公布「社交距離注意事項」，在室內與他人須維持一．五公尺距離，戶外保持一公尺距離。

# 沙漏

家裡剩下一罐奶粉。是最後一罐。

戒了夜奶後，夏天裡，孩子更愛飲冰涼的鮮奶，總仰頭一口喝盡。

生孩子後才知道奶粉的學問大。奶粉不像穿不下的衣物，還能找到更小的孩子接替。每家孩子體質各異，喝的品牌不同，且細分成不同年齡。雖然多少知道這是出於商機的話術，但生養孩子寧可謹慎些。奶粉價格不低，市面上且售已開封做記號的折價品，而未開封的則價高些。養兩個孩子，若眼淚是珍珠，那麼時間就是鑽石，為了省錢省事，用Line向業務員直接箱購，家裡曾經有堆積如山的奶粉。

還記得大兒子喝奶期，因為永遠吃不飽，得買最大容量的奶瓶，沖泡時除了奶粉，再另外加數勺米精，整瓶濃稠物灌食後，還是餓得大哭。小兒子則是另外一派，不喝就是不喝，一瓶奶餵一小時只肯喝一點點，讓人憂心營養不足。然而如同沙漏裡數算光陰的細粒，成箱的奶粉一勺一勺舀進奶瓶裡，注水，搖勻，一滴滴被稚嫩的小嘴吸入，攝取養分。然後突然間，就剩一罐了。沙漏裡空了，然而時間之鐘仍繼續流著，孩子才正要開始成長。

流光的沙漏倒過來，就能接替著數下去。每一顆細粒被封裝在澄澈的玻璃曲線中，猶如藝術品，殘酷的時間霎時也昇華成不可計的藝術。然而那樣的美好只侷限在一雙相連結的透明漏斗裡，彼此篩落時光的純粹。現實是粗糙的。

哺餵的雙乳也如漏斗，篩揀母體養分的精華，流進孩子那座永不飽足的容器裡。倘若乳汁不足，幸而還有奶粉可替代。

只是當母親與奶粉都漏盡後，倒過來的沙漏裡還能滴下什麼呢？養孩子的時間，經常有靜止的錯覺。

想起泡奶時，常有結塊的奶粉沉在瓶底，無論如何就是搖不散。起初還執著，添水攪拌，希望能讓孩子餐餐分量都喝足。

後來，當然是懶散了。

沉落的奶塊是無法消散的疙瘩，淤堵了光陰甬道的狹窄之口，這或許也是心裡對時間一絲絲的無謂反抗吧。然而往往就在這時候，孩子突然地長大，可能是一個轉頭時發現他們長高，也許是一個表情發現他們知道得更多，或許是一句話驚覺他們稍微懂事些。

戒奶之後，換吃副食品，接著終於進攻到一般食物。本以為就此功成身退，誰知道長期抗戰才要開始。大兒子在副食品階段食量驚人，用碗公盛裝，十分鐘內完食，長輩常在旁勸說不要再餵了，看他吃相驚人怕胃會撐壞。後來遇到有經驗的托嬰老師告訴我們，孩子願意吃就餵，等過了一個階段起了玩心，就不一定願意吃了。果真如此。一會兒要玩具陪、一會兒要聽故事，吃飯的時間真是磨人耐性，還兼鬥智鬥狠，想不發怒都難。雖然知道要訓練孩子自己吃飯，最好還有餐桌禮儀，但放任他們胡吃，大概過不了多久又餓了，討吃零食。至於小兒子的嘴像死命緊咬的蚌殼，撬都撬不開，好不容易撬開了，沒咬緊，飯菜又掉地上去。每日重覆上演，叫人抓狂。

我開玩笑要Y幫著算算，小兒子至今兩歲多來，端著飯碗勸食餵食的時間加起來到底多久，沒想到已將近一千多個小時。若沙漏漏盡一次是一分鐘，那便是將沙漏倒來翻去六萬五千多次。這些都還沒算上催促他們慢吞吞地洗澡、刷牙、換衣服、收玩具、哄睡覺等零零總總的時間。

六萬五千多分鐘流去，快得彷彿靜止，多到彷彿不存在，而孩子卻還只是孩子。怪不得母親們的面容隨著孩子成長漸漸老去，原來真正無窮無盡哺餵的，是無價的光陰。

# 點唱機

國中時，你跟著同學到速食店念書，點一杯汽水，待一整天。有時候誰大方一些，再點份薯條，分著吃。

多半時間則是陪姊姊去的。姊姊從小生得美，升旗時站在司令臺上指揮全校唱國歌，節奏樂隊、旗手、糾察隊等校內活動也少不了她，十足出盡鋒頭，從國小就追求者多不勝數。上國中時，還曾經因為情人節收到太多禮物打電話回家求救。高中時搭火車通勤，在上學固定時間搭乘的班車上也被告白。所以媽媽要你陪著出門，多少替姊姊攔下一些追求者。有幾次姊姊為了和同學自個兒去玩，要你幫忙瞞著母親，一起出了家門後，就撇下你在路上。雖心有不甘，也只能到速食店裡翻開書本無趣地讀著等著，到姊姊玩夠了再會合，一起若無其事回家。

站在姊姊身邊，你是標準的醜小鴨。情書、鮮花這種事從來沾不上邊兒，雖然不時感到自卑，戴著醜不啦嘰的眼鏡，但心底仍默默期待能吸引他人目光。

速食店冷氣開得很強，聞起來特別冷的空氣裡有消毒水伴隨炸雞的味道。過了用餐時間，店裡三三兩兩的都是學生，有些戴著耳機苦讀，有些課本攤在桌上不住地聊天，當然還有些只剩下書和筆占據座位，人已經不知道蹓躂到哪兒去了。大家心裡都有數，在這裡是念不了書的。念書是個冠冕堂皇的名義，重點是從被處處管束的家裡開溜，和要好的同學聊著自認為重要的話題，或是隨便找個櫃臺的工讀生去喜歡上，權作消遣。

店裡一樓的角落擺著點唱機，機身笨重，亮著斑斕燈光。機身中央是透明櫥窗，裡面有點歌本，透過旁邊的按鈕可以操控翻頁，每一支曲子前面有數字代號。選好曲後，投幣，輸入代號，歌曲便自機身兩側的喇叭流洩出來，伴隨著幻夢的光。

幾次在外國電影裡見到這種點唱機，擺在鄉間的漢堡店裡，當有人默默走近，點了一曲，店內沉默地吃著冷掉薯條的客人也像被按下開關，扭頭看向那人。演到這裡，通常接下來會有所轉折，樂聲把劇情捲入另外一次的高潮。

念書倦的時候，到櫃臺前面琢磨著點些東西來吃，但是掂掂錢包後，經常作罷。你也不真的常去泡在店裡，因為冷氣太強，吹得鼻子怪難受，鼻竇炎都要發作了。每回踏出店裡，迎面暖熱空氣，總有逃過一劫的荒謬錯覺。騎上腳踏車回家的路上，想不起來一下午到底讀了什麼，像吞進肚裡的汽水一樣，氣都消了，剩下無謂的糖水。但那時候能去的地方真的不多，知道的地方也不多。

那時候，連知道的歌曲都不多。

點歌本翻來翻去，知道的總共才一首，只好每次都點同一首。

比起雞塊漢堡，點歌所需用上的零用錢並沒有比較少。然而像是期待慘白的生活能藉著這散發璀璨光芒的機器而被觸發，能有一些轉折，一點驚喜，最後總把身上僅有的財產拿去點歌。

在無線網路尚未普及，人手一機的年代尚未到來前，自媒體要再過二十幾年才會當道，那時候擁有向眾人發聲的權利，只掌握在少數人手中。唯有在點歌的時候，是生活中極少的機會能向陌生人群發聲，分享自己微不足道甚至仔細說來有點可笑的心情。因此當滄桑的歌聲洋溢在速食店，沖刷過每一個座位每一位客人，攪拌著冰冷的空氣，直到充滿著你當時也不明白的哀愁。你幾乎是用驕傲的神情走回座位，巴不得有人能注意到這動人的歌曲是因你而唱。

如今連歌名都想不起來，但記憶中總有穿著白衣黑裙制服的笨拙模樣，在機臺前面假裝挺懂的神情翻找歌曲，最後還是按下唯一的一首，紀念青春的歌。

# 草莓

樓下鄰居送來一袋番茄和草莓。準確說，應該是掛在家門口。這位芳鄰除了寫作與教學之外，聽說還花不少時間種菜。託她的福，在初春時節還能吃到鮮採草莓。

番茄也是我們家愛的。大兒子曾因為嗜吃，一次感冒去看病時，醫生突然問起，他是不是很愛吃番茄？我們嚇一跳，以為是不是吃太多，使得醫生觀察到什麼疾病徵兆。醫生只是笑說，因為多吃番茄中的茄紅素會讓皮膚比較黃，「不過要吃很多才會。」醫生又補充道。可見得大兒子對蕃茄的熱愛程度。

草莓更是難得吃到的美味。小兒子曾因摔倒跌破嘴唇，送到急診室縫合。由於平日在學校不知何故受老師疼愛（大概是楚楚可憐的招牌表情吧），老師擔心他傷口疼痛影響食慾，竟把自己帶來學校的一盒草莓都給小兒子獨享，從此他對草莓念念不忘。

得到這一袋芳鄰贈送的珍寶，兩個孩子自然期待不已。準備出門前，我交代他們兩個要乖乖聽話，等我回家後，就能得到美味的獎勵。

這天出門是去上寫作課，和以往不同，這次學員當中有半數是視障者，半數則是明眼人。雖然並非第一次替他們上課，但礙於對視障者生活經驗的認知有限，在準備課程時，經常構思很久又推翻重來。也是因為和他們接觸的機會，讓我開始思索明眼人習以為常的事物原來不是所有人都能適用。

儘管每次課前相當謹慎準備，上課前還是難免有些緊張，擔心自己思慮不夠周全。不過到了教室後，立刻就被歡愉的氣氛沖淡緊繃的心情。與其說是上課，不如說比較像同好聚會，彼此輕鬆地寒暄談天。由於沒辦法一一記住每位學員的名字，閱讀大家作品時，老實說，還真分不出來誰是生活中需要視覺輔助的學員。對此，令我感到欽佩不已。不過仔細想想，每個人都是帶著自身限制生活於世間，並且感受著人世的悲歡離合。也因為自身的限制是如此不同，人人都會遭逢的悲歡離合在每個人身上才會反映出不同光澤的色彩。

上課前一天晚上，煮完晚餐後，特地額外做了滷牛腱肉，計畫浸泡在滷汁裡一個晚上，使其更入味。

在此之前，婆婆在定期前往醫院檢查時，發現身上疑似有異狀，醫生很快替她安排門診手術做細胞採樣。只是等待結果報告出爐，卻需要兩個禮拜。

對這類的等待經驗，我只有產檢時遇過。那像是心情上的一根小刺，雖然可以憑藉意志力不去理會，依靠其他事情的忙碌來轉移注意力，但還是會忍不住想到，悄悄擔心結果。

我特地在行事曆上寫下婆婆到醫院看報告的日期。在那一天到來時，剛好超市進了牛腱肉，想到婆婆曾經誇讚我做得好吃，就立刻挑了最大塊的放入購物籃裡。牛肉滷好了，公公傳來訊息，幸好是虛驚一場。只是早上到復健科，下午去看檢查結果，帶著七上八下的心情在醫院兜兜轉轉一整天，連年輕人都吃不消，兩位老人家肯定累壞了，就想著煮點補充體力的食物給他們享用。

好多年前，已經過世的母親曾患有大腸癌，手術切除一部分腸子，術後仍需定期回醫院做大腸鏡檢查。手術那段時間的細節，我一點都想不起來。因為那時候我顧著飛翔，飛得很高很遠，絲毫不知疲倦。甚至連母親的傷口，我都沒見過。

除了腸，母親還有很多大小病痛，不止開過一次刀。我去醫院的次數，屈指可數。母親從沒有開口要求、抱怨、責怪。我想不透，是什麼讓她有辦法繼續愛我，視我如心頭的寶貝。

飛了很久，去了很遠，我才像一隻翅膀受傷的鳥兒折返。

在等待靈魂的傷口癒合時，習慣對母親的話語充耳不聞的我，經常聽母親提到要去醫院做這個做那個檢查，聽來似乎都差不多，沒什麼要緊的。

直到有一天，母親說隔天要去照大腸鏡，我彷彿頭一次聽見她說話，才發現這麼多次醫院的往返，她都是一個人前往，沒有麻煩任何人。內心震驚無比的同時，於是便提議要陪她去。

路上，我們都有點不自在，沒說太多話。車子停在離醫院很遠的地方，因為停車場不可能有位置，母親說。頂著豔陽，母女倆汗流浹背一前一後走著，直到醫院強勁的冷氣撲面，鬧哄哄的人潮沖淡母女間的尷尬。

候診室不知道為什麼昏昏暗暗，日光燈沒有絲毫日光的明亮，所有人都沉悶地對著牆上的電視機。冷氣依然很強。輪到母親進去時，我繼續坐在那裡等待，忍不住想像母親每次自己來醫院的心情。等待時如果感到緊張，該跟誰說呢？檢查時如果疼痛，該跟誰抱怨呢？無盡地等候醫生叫號，感到無聊時，要怎麼打發？我不敢再想像下去了。

回程路上，我什麼都沒問，彷彿回到從前，她來接我放學，我靜靜乘坐在她騎的偉士牌摩托車上。

那一天的記憶，像一根刺在我的心裡，沒辦法拔除，也不想拔除。

傳訊息給公公，要他們晚餐過來吃，做了他們愛吃的菜。寫作班下課後，稍事休息，煮晚餐。公公喜歡苦瓜豆豉炒小魚乾，公婆還喜歡喝熱湯，每餐不可少。

餐後，端上水果，番茄草莓都鮮紅，看了就感到喜氣。兩個小孩爭食稀少的草莓，不過可不能把他們寵壞，所以雖然有點不情願，他們還是分了幾顆給阿公阿嬤吃。眼看著草莓變少，孩子倆一臉失望的神情，「媽媽從小最愛吃草莓，但是媽媽的給你們吃。」我把僅有的兩顆，分別放進兩個小盤子，他們這才心滿意足。同時刻，我眼角餘光瞧見婆婆把原本分給他們的草莓悄悄握在手心，走進廚房。

洗碗時，婆婆站在旁邊和我聊天。我看到流理臺邊上的小碗裡盛著幾顆草莓。公婆疼愛兒孫，永遠都把好東西留給大家。好幾次在餐桌上，發現他們絕少動筷子夾魚肉，以後我便多煮一些，要他們盡情吃。所以看到那些草莓，自然便想到，「這是等一下要給小孩吃的嗎？」我問婆婆。

「那是要給妳的。」婆婆一臉理所當然地對我說。意想不到的回答，讓我當下忘了說謝謝，只顧著低頭繼續洗碗。

那天睡前，我一個人站在廚房裡，小口小口吃著草莓，滋味是甜的。

# 回到大水溝

照片中小女孩站在樹下身穿粉白色洋裝，露出三歲獨有的甜美表情，身後是平靜的淺水低流。下一封Line訊息裡，他補充說明這是假日帶女兒到附近散步拍的。出家門至巷口，遇小橋左轉，徒步到車站沿途是宜人的水圳，不時有魚群現蹤。「這裡環境很好。」他說。

已有四年沒辦法回去南部，這是房客傳來的訊息。這對新婚夫妻在等待預售屋蓋好新家前，租下我幼年的家。租約期間，他們的第一個孩子也在這間屋裡誕生。除了每月交租金，順道彼此寒暄幾句，沒想到孩子已經長這麼大了，但照片中的水圳是我所陌生的。

不過或許就像我生命中大部分的記憶，混濁、雜亂、令人難以正視卻也無法被忽略，曾經那條水圳並非如現在這樣美好。曾經，那條流經整條巷弄屋後排水溝、匯集成橋下的濃濁液體、貫穿鳳山區老舊街道且經常被惡意的違建堆砌所掩蓋的水圳，沒有名字，我們直接將它喚作「大水溝」。

最早的記憶從幼年起，母親牽我們的手返家，經過大水溝必要誇張地閉氣快步通過。也經常禁不住好奇窺探，墨綠水色混雜隨手傾倒的廚餘、整袋垃圾包，偶有稍能辨識出形體的廢棄物件便呼朋引伴來圍觀，有若一條流動的景觀，一道運送生活棄物的生產線，而每經過此處的居民同心協力增添此線上之載物，使之更形紊雜，散發敗壞氣息的華麗。

颱風來時，水位暴漲，囤積在河底的惡臭淤泥竄流在巷道間，我們也只是在等待積水退去時，一次又一次踩著腳踏車從水深之處飛濺而過。習以為常。

在那個年代裡，淤堵是常態，淤堵之物水泥般敷塗在各類物事、管道與關係上，使得維持平和假象。所以當時的我並不知道每日經過的這條濁水來自何處又流往何方，而沿著水溝的岸邊被居民以各種廉物綑綁圈圍占用，水與路失去流動的特性，成為我記憶中定格的僵硬景片。

升上國中後，騎腳踏車上下學，這段定格景片被拉得更長更扁，就像這個階段我們被迫填入的各種僵硬未來中，唯一不變的是濃濁墨色，塗抹在途經的路畔。直到新的支流匯入，陌生的脈動沖刷著舊有河道，開拓出新的水路。

國二那年學校聘請甫歸國的樂團指揮，這在我們那個仍把學音樂視為高尚娛樂兼升學捷徑的「鄉下地方」可是大事。新到任的指揮留著一頭俐落短髮，素樸的POLO衫與中性的聲調，加上耳垂別著一對低調的耳環，在性別劃分仍舊極度刻板的年代裡，讓我們這群沒什麼見識的屁孩困惑好幾個禮拜沒辦法專心念書。在音樂班的生態裡女性占絕大多數，男生是寥寥可數的寵兒，突然來了一位剛柔並濟且有點帥氣講話更是酷的指揮，立刻擄獲一堆青春期少女的心。雖然我們也是畢業好多年後才從報導中得知，她是樂界極少數實力獲得肯定的女性指揮家，不過這些都是後話了。

當時她指派練習的第一首曲目便是捷克作曲家史麥塔納的交響詩《莫爾道河》，作曲家用壯麗的樂聲描繪出捷克人引以為傲的河流。

那是哪裡啊？不管這麼多了，指揮這麼帥，她叫我們練什麼我們就練什麼。

還記得曲子當中為了營造湍急水流的生動線條，弦樂聲部雄厚的和聲裡鑲嵌著一連串細碎音符，弓和弦必須完美流暢地融合才能讓河水輕快流動。然而我們卻連音準都搞不定，更別說跟上正確的節拍。在我們的樂聲中不見寬闊河面與歡快水聲，反而比較像是學校不遠處的那條水圳，黏稠、汙濁得予人遲滯的錯覺。

幾次練習後，指揮越顯不耐，雖然她抑制著怒氣，但仍讓一顆顆敏感的少女心感到自責與焦急。好不容易來了這麼帥的指揮，不能讓她被氣走啊。其中最為癡心的幾位學姊經過下課討論後，決定通知全樂團的人隔日提早到校分部加練。

天才剛亮的早上，我一肩斜背書包一肩背著提琴，雙腳奮力踩著腳踏車的同時還要努力夾緊裙子以免走光，真的趕到學校加練的時間沒多久，就被導師抓回教室寫考卷。那首曲子於我們依舊如同地圖上遙遠的國度，它所流經的森林與布拉格都陌生得難以想像，旋律所堆疊出的色彩陌生異常。更不說曲中描繪在河畔舉辦的田園婚禮，叫我們如何想像？難道他們不覺得臭嗎？在一堆錯音與跟不上的拍子中，只能勉強拼湊出屬於我們的河流。

後來不知道是指揮終於頓悟，不再妄想能與升學壓力比拚一場拉鋸戰，換上簡單些的曲目，還是隨著學期進入定期考試與留校自習等時間的拔河賽，這首曾經流經我們年輕生命，並或多或少灌溉飢渴靈魂的莫爾道河，也漸漸流逝。

不過我始終沒忘記坐在團練教室裡，手扶著琴頸，低頭聽著音響裡播放的渾厚樂聲，時而躍動，時而低語。原來一條河流在每段流域中可以展現不同面貌，就和我們一樣。這當然也是後來才領悟到的，或許這也是指揮當年面露慍色的原因。當她手執指揮棒撥動的不只是旋律，不只是我們手中的弓弦，更希望能撥動我們過早固執且沉悶的靈魂。

如今，我偶爾還是會播放這首曲目來聽，像是浸泡在回憶榨出的淡淡惆悵裡。

前些日子在媒體上看到這位指揮的專訪，談到性別在職務上多年來遇到的困境與掙扎。她還是從前的模樣，一條寬闊的河面在她的話語中靜靜流淌。所幸後來我們終於都衝破防堵在面前的堤岸，迎向屬於自己的未來，有時奔放，有時輕緩，繼續流動著。

後來有一年放假返鄉，姊姊騎機車載我去看昔日的大水溝經政府積極整治，拆除沿岸居民違建，設親水景觀步道，大大改變城市風貌與人們的生活習慣。而房客傳來的照片是我從沒觀看過的角度，因為多年來有好幾處河道，像是被掩埋身世般，經年被商家占用，搭建簡陋的店面在水圳上營生，傾倒廢物，直到政府翻修後才重新面世。也是這時候我們才終於以名字呼喚它，曹公圳。這些也已然是好多年前的事了。房客又傳來訊息說，他們替女兒起的名字裡借用我名字中的一字，沒想到租賃之間竟然可以發展出這段意料之外的緣分。再看一次照片中的女孩，想像她代替我再次出生在那間我充滿情感的屋子，在我自幼熟悉的巷弄裡玩耍，用孩童的目光注視著我多年未見到的家鄉景色。

只是偶爾當我再憶起那水，赫然發現固然為如今澄澈的水色欣喜，然而在心中被印染上往昔的墨綠已無法擦去。好似我的記憶河道裡永遠有無法打撈乾淨的棄物、無法滌淨的殘渣，與揮之不去而屬於我的強烈氣味。

# 晚餐

在菜市場裡越來越容易分辨新手與老鳥。

不過是幾年前上菜市場時還興致勃勃，看到什麼菜都想買回家試試，現在卻常站在攤子前發愣，忍不住脫口抱怨，「煮到不知道要煮什麼了。」老闆娘也不急著推銷，只笑說，大家都這樣。

為了擺脫一再重複的餐桌，決定上網學幾道新菜色。今天煮的是滑蛋牛肉飯。且不說各家作法不一，重要的是成果自己頗滿意，Y也相當捧場，一口氣解決掉一盤。

學新菜色的另外一個原因，是希望提高孩子的胃口。常覺得孩子依賴成人的照顧，看似無憂無慮亦無責任，相對來說選擇也少。不能吃自己想吃的，只能由著大人準備，若是不願意吃，還會被責怪挑食。有一個說法講到，大人之所以看來不挑食，是因為大人可以只買自己愛吃的東西。這一點說得真沒錯。大概我小時候常被指責挑食，所以現在願意為了孩子多換些菜色。

已經兩歲半的大兒子在嬰兒時期是好胃口，不挑食，食量曾經大到令人擔憂，一餐飯十分鐘就結束。剛滿一歲的小兒子則不講究吃，連奶嘴都懶得咬，自出生餵奶到進階副食品都是耐性的考驗。

孩子總在突然間就跨入另一個階段。

這週起，小兒子說什麼都不肯再給人餵，堅持自己動手。剛滿一歲的小肌肉還不穩定，想當然每口飯四處噴濺，唯獨就是沒進到嘴裡。若想干涉，飯菜直接掃到地上，一頓飯吃下來在此起彼落尖叫聲中草草收場。我一向知道自己欠缺耐性，這種時候更是快速耗盡，直達崩潰頂點。

帶大兒子洗澡時，他見我心情不好，伸出長長的手臂抱著我說，媽媽妳怎麼了？又說，弟弟明天乖乖吃飯，妳就笑一笑，好不好？

沒想到孩子有這樣成熟懂事的一面，我不知所措的替他擦乾頭髮，談話就此中斷。

孩子總在突然間就跨入另一個階段。因此大兒子有時候會在睡前說，謝謝妳幫我準備晚餐，或是主動抱著爸爸說我愛你。和他比起來，我們笨拙多了。

當孩子做錯事，我們教導他要道歉，卻發現原來自己沒有準備好如何回應。口頭上回說沒關係，但更像是要逃避面對面的時刻。況且並不是真的沒關係，否則就不需要道歉了。

該怎麼回應才好？我毫無頭緒。

當孩子吵架了，作為大人要他們和好，彼此安慰與擁抱。事實上最不擅長和好與安慰他人，擁抱的時刻更是少之又少，正是作為大人的我們。固然能裝作沒事，但有多少暗地裡的心結沒有解開，有多少怨言沒有當面說出口而成了長年的疙瘩。

那日看了湯姆．漢克斯主演的電影《知音有約》（*A Beautiful Day in the Neighborhood*），又想起這個問題。佛瑞德．羅傑斯是美國老牌兒童節目《羅傑先生的鄰居》（*Mister Rogers' Neighborhood*）的創作者與主持人，這是每次播出半小時的節目，結合談話、木偶、模型及大量別出心裁的道具等元素，共播出八百九十五集。雖然演員湯姆．漢克斯的外型與真正的主人翁相似度不高，但他卻演活了佛瑞德．羅傑斯的細膩、溫和與謙虛的特質，是一齣讓人又哭又笑的美好作品。比起急於教育孩子學業能力，佛瑞德．羅傑斯反而是透過節目對孩子談論嚴肅的議題，引導孩子學習控制情緒，了解人際關係。他也經常在其他訪談節目中提出教育的觀點，引人深思。而他的理念之一「對孩子來說，玩要就是認真學習，童年真正的任務是玩耍。」也影響後來許多教育家的觀念，甚至好幾代的父母。劇中，當遇到素來愛爆料的記者洛伊德尖銳提問，羅傑斯依然不慍不火且坦承以待。是什麼讓他有如此強大的彈性和包容力呢？記者洛伊德發揮敬業精神，在每一次的訪談中極力想挖掘出其中驚人的內幕，或者說的更直接一點，醜陋的一面。

而真相是，羅傑斯在每一個當下總是誠實的回應。因為真誠，醜陋的真實於是美好。就如同他曾說過，「我們以為一個人做的事情，比他到底是誰還要重要，但其實卻相反，我們是誰決定我們的行為。」

孩子總有哭鬧，但並不代表他們的全部。作為白日工作而晚上育兒的疲倦父母，常常忍不住就暴怒，這也不代表我們的全部。如此一想，心中便釋然許多。也許孩子比我們更熟知這些，所以儘管我們生氣發怒，仗著自己的身形、力氣與權力對他們大吼大叫，但還是全然地愛我們。

後來睡前我問大兒子，喜歡今天晚餐的滑蛋牛肉飯嗎？他搖搖頭。

我在心中默默感謝孩子的誠實，也謝謝他把飯吃完。我們擁抱，就像擁抱每天的尖叫爭吵、疲倦沮喪以及彼此的愛，進入甜蜜的夢鄉。

# 反派

當全世界都戴上口罩後，我鬆了一口氣。

心裡一直藏著這個不合時宜的想法，雖然明知此刻口罩是如何逼不得已覆蓋著世界的面孔，製造出頑固與霸道的隔絕。

我見過最小的口罩，戴在嬰孩的臉上，他的世界一誕生，就是遮蔽的模樣。有些人因此擔憂，在這種環境下成長的孩子多半時間無法看到身旁成年人的嘴型，恐怕影響語言的學習和發展。此外，由於只能見到口罩以上的臉孔，沒辦法窺見完整的表情，對人際發展也有阻礙。這些說來都不無道理。更不說疾病來勢洶洶，即便口罩也無法完全阻擋，無情奪去了難以計數的生命，短時間內顛覆了人類建立千百年的生活習慣。

因此我更感到對世界的背叛而難以啟齒。

戴上口罩後，拙於應對、害怕與人交談、讀不懂對方表情的意涵、要如何適當地陪笑，這些我不擅長的，都被理所當然地隱藏。見到迎面走來的熟人，就算笑不出來，也可以蒙混得過去。又因為口罩的保護，沒錯，盔甲一般戴在臉上的保護裝置，使得遇人交際時便緊繃的心情也稍微鬆懈些，還能放膽多說點話了。更徹底點的話，以口罩為由，連人都能假裝不識得，悄然擦肩而過。

也不會再有人關心，為什麼戴口罩？

回想大學畢業那年，對口罩有了一番改觀。由於SARS疫情天天在新聞上放送，突然間人人自危，搶購起N95口罩。現在比較起來，那段時期不算長，但足夠震撼，長久以來從未想過致命的傳染病竟會發生在現實中。那一年的畢業典禮史無前例取消，而按照規定，音樂系畢業生都要各自舉辦一場獨奏會，也頒布了取消命令。我們都以為自己是最特別的一屆畢業生，大概後無來者了。誰知道將近二十年後，此情此景回頭上演，且更為擴大與加劇。不過當時念書的地方遠在空曠的鄉下，不特別感受到第一線的危機，只在搭火車返鄉時象徵性掛上布口罩。

沒想到後來我會如此依賴口罩的掩護。

那是十多年前，情緒徹底的崩塌，每日猶如坐在廢墟之中，看著一地的碎瓦殘磚，傾倒與敞露，讓脆弱的身心還得受著生活中積累的日晒雨淋。連笑與哭的表情都對我感到嫌膩而兀自剝落，雙眼像給鬼刨去，徒留兩顆玻璃珠子似的假眼。在那樣的日子裡，時間比我還木然，依然堅持邁著倔強的步子前去，我木頭般地醒來，漱洗、穿衣，連衣服都沒力氣挑選。天總是才剛要亮，就被人攔住似的不敢張揚，灰著，沒日沒夜浸著溼氣與寒氣，對人也淒厲起來。

上班途中，騎機車到固定的早餐店，買肉鬆三明治和中溫奶，到辦公桌前坐下後，比嚼蠟還無味，幾乎是機械性咬幾口就吞嚥，不去嚐味道，不要去想，一旦去想去感受，就會有更多碎磚瓦落下，怕連地都要裂開了，就這樣吃了整整一年相同的早餐。每天快騎到早餐店時，我就祈禱，希望有肉鬆三明治，這樣就不用選其他的口味，不用大腦思考。

也只有在吃早餐時，我在人前褪去口罩，快速吃完後，又戴上。中餐是不吃的，已無餘力，覺得既麻煩又累。

起初還有同事會問，為什麼戴口罩？日子久了就不再搭理。躲在口罩後面的我，依賴著那一絲絲的安全感，撐過白日，拖著身子騎車回家，脫下口罩時，忍了一日的無助感從眼角流下來，猶如大功告成，把自己摔在床上睡去。

那幾個在夜市買的布口罩後來去哪裡了？

醫用口罩還未成為世界主流之前，猶記幼年時，家中的成年婦女們圍坐在客廳，一邊聊天，一邊以棉紗布與鬆緊帶手工縫製各種尺寸的口罩。縫好以後，我也得到一個，是純白色的口罩，故而讓人能直接聯想到疾病。圖畫書裡，生病的人都戴著像那樣子的白色口罩，所以不常拿出來戴。

十多年後，機器取代手工，夜市攤位固定幾攤賣布口罩。那時候口罩的主要功能不是對抗病毒，而是騎機車時阻擋廢氣，炎夏防晒，嚴冬禦寒。從三個一百元到一個五十元，端看布面花紋材質。成年後剛擁有機車駕照，便熱衷起挑選口罩，比起買新衣服的價格，口罩是低成本的時尚配件。容易買，也容易弄丟，最後留下來的都是色彩低調的那幾個，是共同在路途上衝鋒陷陣的老戰友，也是抵禦人情冷暖的最後一道防線。有時候我甚至覺得，不是我將口罩戴在臉上，而是口罩把已然破碎的面孔兜成一張臉的模樣，讓我還能若無其事地走在路上。

後來幾年，收拾舊外套時，還會在口袋裡撈到這些口罩。那時刻，透明的回憶攏在身上。總算活過來了，我對自己說。

只是我也知道，在我臉上始終有那層口罩沒脫去。所以當世界都戴上口罩時，我竟感到安心又熟悉。

*為避免新冠肺炎疫情擴散，初期因口罩數量不足，二〇二〇年二月三日臺灣實施口罩實名制，由政府透過健保卡分配資源。二〇二〇年十二月一日宣布，外出時須配戴口罩，勸導不聽者開罰。後續又隨疫情多次修正，視不同場合配戴口罩之相關規定。

# 保證書

「死亡沒有說明書，沒有人能告訴你該怎麼辦，又會變得如何。」（露西亞・柏林／多洛雷斯墓園）

通常看起來像一紙獎狀，花邊如柵欄般圈圍住紙張，嚴謹的字眼宣告著商品的保固時間，附上嚴肅拗口的法律條文，以確保消費者在期限內可以退還瑕疵品，或是免費維修。反過來說，是為了確定時間到了以後，不用再承擔商品壞掉的責任。這其中當然不包括說明商品何以總是在保固期限過後便無來由當機最終只能報銷的原因。

家裡有一個放滿雜物的抽屜，螺絲釘、迴紋針、一小截鐵絲、不明所以的零件，底下就襯著一疊年分久遠的保證書。

收到的時候，和說明書一同包裝在塑膠袋中，放在商品的紙盒裡。通常是家電。拆開，插上電，迅速運作起來，加入龐大運轉的生活系統中，新鮮感也在不久後沖淡。說明書的枯燥就無須贅述了，既繁複又冗長，且絕不人性化，除非萬不得已，絕少有人會主動想拿起來讀。更何況讀了也未必看得懂。

因此之故，保證書和說明書像一對難兄難弟，才剛開封，就被隨手塞進暗無天日的抽屜裡，等同於遺忘。大掃除時，經常想著要好好整理，把過期的保證書都扔了。

這天終於找到空閒坐下來一紙一紙翻著，就像翻閱著一部家庭與電器的簡史：冰箱，七年前搬家時購入；電風扇，已壞掉丟棄，保證書還存著；刮鬍刀，上個月趁著父親節折扣時剛買的；吹風機，居然已經用了一年，時間過得真快；食物調理機，兩年前孩子剛開始吃副食品，那時每個週末都要花一個下午待在廚房裡把食物煮熟後絞碎；血壓計，五年了，父親搬來同住時特地買的，後來父親轉到長照機構住，現在每個放假日，我們帶著兩個孩子去探望，上週還帶了球去玩，父親的肌肉越來越沒力氣，但為了接住一歲孫兒的球，還是使勁兒伸出手抓住；電腦，買半年了，使用次數屈指可數，實在沒時間坐下來，大部分的瑣事都用手機解決……一小疊厚厚的紙本證書，象徵著物質充斥的家庭中，企圖為完美生活做出再三承諾。

至於今年要不要替房子保火險，替家人保意外險呢？機車的保險要保基本款還是豪華款？每一項都難以抉擇。那一張張保單，是另一種保證書，人們企圖用金錢來製造萬無一失的假象。但仔細一想，金錢真能換到什麼嗎？此刻又深深體悟到金錢實非萬能。

怯懦如我，總是盲目地希冀某種幸福、舒適的保證，過度小心地事先計畫與準備，用以杜絕痛苦和失敗。然而往往事與願違，「計畫永遠改不上變化」此話不假，這時候又為了失去控制而忿忿不平。

我刻意忽視既有的保證，就更加印證了衰敗、損壞、死亡、分離的必然性。

比起小說家露西亞・柏林筆下的人物，總是處於病危、毒癮、貧困、酒精中毒、精神疾病等邊緣掙扎，那種生活是我絕不敢想像的。我是個殘忍的觀眾，看著書裡的人物遭難，以之為娛樂，讀完後就事不關己地闔上書本，不去想書裡只是現實的縮影。就連露西亞・柏林自身童年也經歷過漂泊，而後來又因嚴重的脊椎側彎導致刺破肺臟，得隨身攜帶氧氣瓶，即使在學院裡教授寫作，又或是因財務危機而住進拖車時。相比之下，我的擔憂顯得杞人憂天。且當真正的毀壞到來時，求助於一紙保證又有何用呢？

又或者，死亡雖然沒有說明書，但唯有死亡才是最佳的保證，確保無論好壞，終將有盡頭，且每個人都有「登出」人生的最終權利。

# 鳥

終於秋天了，體貼人的涼意像件薄紗披在身上，身體浸透了專屬這個季節的蕭瑟與幸福感。我們這支返家的隊伍也終於輕鬆下來，反正追不上黃昏的腳步，不如就漫步看著街燈一一亮起，融入壅塞的車燈中，合唱著一曲相思的歌謠。

在這之前，燠熱的天氣折磨著路上的行人，車輛灰撲撲的廢氣和冷氣機的熱氣不住地蒙上臉面，地上滿是被車輪輾壓一路拖沓的狗屎、積水、坑洞，路旁還有違停的機車，都讓這段回家的路徑變得異常遙遠。我們推著雙人嬰兒座車，車上掛著全家人的大小包與雜物，一路吵鬧前行。

傍晚時，分離一整天的家人再度聚首，有許多事情要分享，最後總演變成不可開交的爭吵，每人搶著說話，還不會說話的小兒子就用尖叫的。經常，必須中斷腳步，一個個傾聽，或是用更瘋狂的怒吼鎮壓，換來幾秒鐘的安靜。不過這場鬧劇在喧鬧的路上卻像一齣默劇，更大的砂石車轟隆隆，更響亮的公車發出轉彎警示聲，更尖銳的機車呼嘯而過，還有數量眾多的計程車急躁地穿梭在狹窄的路上，捷運軌道在頭頂上發出顫動，聲音吞噬聲音。臨停的車輛開上人行道，占據半個的路面，卸貨的卡車搬出一袋袋、一箱箱沉重的貨物，搬運工人渾身是汗。在這支汲汲營生的車流中，我們有如螻蟻寄生在這座人口稠密的大城市一隅，一個小小的洞穴，行走時相互倚靠，以免走失。我們走得又累又慢，彷彿《聖經》中在曠野迷途四十年的以色列人，疲倦與口渴占據全部意念，甚至開始相互怪罪，忘記流著奶與蜜之地就是彼此。

行經唯一的草地時，發現一隻褐色斑點大鳥在散步，伸長脖子啄食的模樣如此小心翼翼，我們總沒看清楚牠到底拾到了什麼，為了躲避惱人的車陣和無法躲避的悶熱天氣，便匆匆朝著家的方向前進。後來，每經過草地，便不自主地尋找大鳥身影。有幾次被牠突然抖著脖子，晃動滿身斑點的模樣嚇得大叫。牠睡哪裡，從哪裡來的？儘管滿腹疑惑，還是沒停下腳步。又過了一陣子，再沒見到大鳥。去哪裡了？不見牠的蹤影之後才上網查，原來是黑冠麻鷺，牠依著季節與本能遷徙。明年還會不會再來呢？

大鳥走了之後，又在騎樓處發現一只懸在屋簷的鳥巢，是燕子。據說燕子每年春天會飛回原本的巢，而長大的鳥寶寶們則會在鳥爸媽附近另築新巢定居。在這個理論被證實前，從前的人甚至曾相信燕子在冬天時會變成別種鳥，或是會結成一團冰球躲在水面下過冬，以此荒誕理論解釋冬日裡不見蹤跡的鳥兒。

不管人類如何猜測，鳥媽媽專心一意地在傍晚時啣著食物回來，飯碗大的鳥巢裡滿滿擠著四隻寶寶，各個都張大嘴巴搶食。我們立在底下仰望，看著鳥寶寶一天天長大，巢就快要塞不下，突然有一天，鳥寶寶全不見了。什麼時候學會飛的？這回要搬去哪裡？我和孩子一樣好奇，一次次抬頭張望那座空空的巢感到依依不捨，一面催促著家人繼續踏上歸途。

天色更深了，世界染上一層暗色。身後傳來垃圾車滴滴答答的樂音，固定這個時候會開來的黃色車身出現在街口轉彎處，身後還有如同跟班的回收車。我們立在街邊等著，車輛先停麵包店前面收一批，再繼續往前駛到下一個位於轉角的社區，行經我們眼前時，兩個孩子已經舉高手拚命揮動著。駕駛座上的司機和後方車斗的清潔隊員每回都親切回應，讓孩子滿足極了。即便在其他地方見到垃圾車，清潔隊員只要手上空得出來，一定會報以孩子熱情揮手，叫人由衷感謝他們的體貼。

垃圾車走後，我們繼續走著走著，有時候小兒子睡著了，有時候大兒子唱起歌來。我們堅定地繼續走著，就快到家，那兒有一桌飯菜在等著。有時候想起一些困擾的小事，還來不及抱怨，沒幾天又換成為別的事煩憂。唯一不變的是永遠有令人煩惱的事，像無處不在的蚊蟲。所以別停下來，我們牽著彼此，繼續朝著家的方向邁步。

# 智齒

又到了看牙的日子。

Y早我一個禮拜去回診，結果因為有些流鼻水，被拒絕看診。這是近年疫情之下的改變之一。

到了診所門口還不能直接進去，得先按門鈴，牙助到門口收了健保卡進去核對是否有先預約，又透過對講機詢問有無接觸史或旅遊史，有無上呼吸道感染症狀，最後才放行。看診臺之間隔著透明塑膠布，類似餐廳座位的隔板。坐下後先含一口優碘類漱口水，計時三十秒才能吐掉。接著牙醫全副武裝出場，面上戴著防護罩，再隔一層口罩，口鼻把關得嚴嚴實實。

拿工具在嘴裡敲敲弄弄，嘴皮子掀來掀去，醫生宣布，智齒側邊靠牙根處蛀了。

無論如何認真刷，半年一次的洗牙，牙醫十之八九能在我的嘴裡找到新發現，讓人深感無奈。為了顧及難清潔的智齒，特地買了專用的小頭牙刷，怎麼還是難逃一劫啊？幸好嘴裡只剩三顆智齒，而被拔掉的那顆智齒是唯一沒蛀過的。

幾年前回南部時，還會到他的診所看牙，聽了建議，預防性地把智齒拔了。他自信滿滿拿著鉗子看準目標，一扳，牙齒應聲落下，過程之快令人措手不及，竟也不感覺痛。我咬著止血棉球在候診室看電視，等早上的診結束，他吆喝一聲，領著我們去吃燒肉。「小傷口而已，吃完喝點水就好了。」他一邊說一邊替燒肉翻面，另外又點了一盤蝦。一段時間後，拔完牙的窟窿逐漸癒合成光滑的牙肉，彷彿未來的某一天還能再次冒出新牙。

就連父親的牙也是他治的。罹患牙周病後，父親長時間定期到他那兒回診，連全口假牙都是他做的。我們常感嘆幸好有他幫忙做這副假牙，父親才能繼續享用人間美味，是父親全身上下最貴重的物品了。

後來越來越少見到他，家族聚餐時，老是不確定能不能趕到，說診所不曉得要忙到幾點。圍坐的餐桌空著他的座位，擺著他的空碗筷，好似被拔掉的牙，徒留光禿禿的牙床。再後來乾脆說不來，說下診後還要研習。餐桌上的空位自然而然被抽掉了椅子，也就看不出有空缺，大家有默契地不再問起。

接下來幾年裡發生的事情，一樣快得令人措手不及，我第一次見到一個人性情大變，真像是換個人似的，或者該說著了魔。也曾想要彌補或勉強維持，但蛀空的牙繼續留下只有崩裂的危險。也曾想要視而不見，但神經傳來的疼痛訊號難以忽略。最後還是忍痛割捨了，於他，於我們都是。雖然這層關係的破裂我不是首當其衝，一路陪在旁邊焦心也是少不了，所以每回路過診所，還是會忍不住探頭探腦，看看裡頭是不是依然如故。

彼此像是對方那顆拔掉的牙，最後留下的是一個光禿禿的空缺，反而凸顯了缺少的事實，默默地被種下生根的回憶。也正因為這個空缺，證實了割捨的不可能。就像我每次想到智齒，就會想起他，雖然日子過去久了，漸漸可以笑看當時咬牙切齒的辛苦，也能不去計較對錯在誰。

智齒在日文中是親知らず，字面上直譯是「親不知」，意思是在十多歲到二十歲之間長出來的智齒，連父母都不知道。在古代的社會中，這年紀的人已算不上孩子，可以離開父母自立。每想到這一層意思，就有些感傷。年少時候開始擁有情感、想法與身體上的祕密，就算不是刻意對父母隱瞞，也難以啟齒。於是慢慢學習自己面對與承受，在父母面前逞強。至於是否真的是親不知，還是父母也在學著提醒自己放手，這就難以證實了。

最後一次經過診所前，看到他已退休的母親蹲在門口刷洗腳踏墊，來回刷動的手臂使得身體跟著跳動，看來格外操勞，讓人心疼。不過已經沒有理由再去打招呼了。

又後來聽說他打算北上開診所，會不會哪天真在街上遇到他？好幾次看見路人都以為是他，結果當然不是，才發現心裡其實期待能再見到他，補上那個空缺。

補完牙側的蛀洞，我指著牙面上的汙痕，懷疑是不是蛀牙。牙醫敲敲打打，「智齒在後面不常用到，所以牙面不容易被磨平，容易卡食物殘渣。」最後確認是色素沉澱，好險不用再動機械開挖了。

大概有些人也像智齒，雖然出現在生命中，又讓人懷疑其存在的意義，甚至經常平添困擾。長完智齒後，就不會再有新牙生長，往後的生命只有掉牙的分。這漫長的歲月裡，又不知要花多少時間才能把這些問題想透。

# 起床的理由

我決定開始畫眼影。

多年來曾有幾次打算畫眼影，但因為怕麻煩，很快便放棄，隨五顏六色塵封在瓶罐裡過期。我不是精於妝點面容的人，也沒有這樣的習慣，即便畫完以後也經常懶得補妝，任由汗水與臉部旺盛分泌的油脂將妝容毀去，連卸妝都很隨便。

偶爾逛到化妝品專櫃時，一心要衝業績的櫃姐幾次熱心指導我，但由於對這方面實在太沒天分，再加上生著一雙無神的單眼皮，畫完後效果不大，又懶得夾眼睫毛，最後總是不了了之。

雖然隨便就可以找出一百種不會打扮的藉口，我卻決定每天開始畫眼影。先上簡單的底妝、描上眉毛，拿出美妝店排排貨架上買到的三色眼影盒，依照圖說，由淺至深依序抹在眼皮上，十秒鐘搞定，最後再搽上最喜愛的裸色唇膏。

開始畫眼影的原因說來簡單，只是想做點小小的改變。小到既不會花太多時間，也不會讓平靜的生活步調起了動盪。

年僅二十四歲就寫下經典日劇《東京愛情故事》的劇作家坂元裕二，總是用淡筆刻畫生命的荒謬、寂寥，以及人與人邂逅的火花。在另一部作品〈初戀不歸，海老名休息站〉中寫到，「蜜蜂終其一生都在收集花蜜，那我終其一生收集什麼？」如果說我終其一生都在收集空氣，乍聽之下像賭氣的話，實則再真實不過。

有一年歲末，久未聯繫的老友傳來訊息，簡單幾個字像針錐扎進心裡：起床後呆坐在床邊，找不到努力下去的動力。

人難免會有走到這一步的片刻。

擁有與失去的東西問都不問一聲就來來去去，彷彿空氣從手中流過，沒辦法控制。有甩也甩不掉的時候，也有努力半天還是得不到的時候。一成不變的生活可以是最大的幸福，也可以是惡夢。

後來在其他的書上又讀到，這是一種「時間迴圈感」，更好懂的說法就是「鬼打牆」。今天的工作與勞務做完，明天又會有新的。在始終缺乏結束感的反覆生活裡，想起童年時課堂上的教誨「今日事，今日畢」，不禁感到懷疑。

不如就像空氣一樣的活著，也有需要這樣告訴自己的時候。

空氣沒有形體、氣味，捉摸不透，要談論起人生，大概也是這種感覺。空氣般吃喝呼吸，空氣般工作、忙碌，最後空氣般的死掉，是再爽快不過的事。

雖然用空氣來形容，但並不是負面的感受，反而具有意義感，畢竟空氣最擅長的事情就是充滿。要活得像空氣，還有很多事情需要堅持，特別是在一天的開始時。其中之一，就是早起。

我幾乎用虔誠的心相信早起能帶來好運。

多年來，手機裡的鬧鐘設定在六點鐘。醒得早的日子，躺在床上等待鈴聲，彷彿一道指令，隨即舞動起流暢的起床序曲。醒得晚的日子，清脆的響聲如同一聲提醒，再不起床就要錯過了。

錯過什麼呢？錯過享受一個人寧靜地吃頓早餐的機會。獨自、寧靜，在有了孩子以後是奢侈，好好吃頓飯的時光更是可遇不可求。說白了，就是錯過與自己的約會。

真沒想到從前每逢假日就睡到過午的我會愛上早起。在這段早餐片刻裡，原本委靡的精神如同杯中的茶葉，浸泡在熱水裡漸漸舒展開來，凝聚在小小葉片中的濃郁味道釋放到水裡，暈染出一杯香醇內斂。我習慣另外倒點牛奶，沖散茶的澀味，入口更溫潤。配上簡單的麵包，就在這一杯熱奶茶的工夫裡，精神得到整頓、安慰，也得到了振奮。喝完最後一口，完成一日的開機程序，真有種天塌下來也不怕，就讓我慢慢來收拾的錯覺了。

如果生活是零碎的，這些具有儀式象徵的微小事物就是將碎片拼裝起來的鎖釦。如果生活像空氣一樣虛無，這些讓人感到安心的細微步驟就是空氣中的芳香。

今天，一樣簡便用過早餐，把孩子上學的用品整理好，再把家人從床上趕到餐桌，一邊吼孩子坐好動作快點衣服穿上，一邊走進廁所裡梳洗。再拿出眼影盒，是的，就像晨間的魔法，刷刷刷三下，絕不重來，畢竟趕著出門的早上是沒時間重畫一次的。不管畫得好壞，就頂著這張臉出門，這就是今天的我，居然偷偷的有點開心。

# 害怕

害怕，藏在毛孔裡。毛孔遍布全身。

害怕是沒有理由的，洋蔥似的一層包覆著一層。能說得出原因的恐懼，都是洋蔥最外層的皮，剝去也無關痛癢。

小孩子最能體現害怕，也最誠實表現。有斑點的青菜、衣服上的鈕子、湯匙上的卡通眼睛、袋子上不明原因的汙漬，在他們的小腦袋裡被活靈活現放大成奇異的想像。黑黑的房間、櫃子、床底下，沒有人教導，便知道害怕。懂得躲避，這又是一種本能。

害怕與膽量會成長。長大一些，經歷過幾次，膽量就能被養大，只是害怕的東西不會從此消失，只是會換成更可怕的。

最近孩子害怕櫃子上的木紋，說那是魔鬼的眼睛。平日嬉鬧的時候，還會互相壯膽，一起走進房間挑戰勇氣的極限。天色暗下來後，真要叫他們去房裡拿點東西，膽子就全沒了，讓人又氣又好笑。後來我將計就計，乾脆把不能給孩子拿到的東西藏在魔鬼眼睛櫃子裡，印證了最危險的地方就是最安全的地方。

成人未必比較勇敢，害怕是複雜的心理機制，埋在洋蔥的核心。有些人害怕豆子，煮在湯裡或包在甜點裡，粒粒分明或黏稠，都怕極了。不只怕味道，連看到都怕。

有些人怕動物的毛，鳥羽或貓犬的毛，雞毛撢子更是恐怖片等級的凶器，就算沒摸著，看到也覺得不舒服。

成長史幾乎就是對抗內心莫名懼怕的歷史，而人類文明的發展史亦如是。克服了一種，還有其他千百種，社交的恐懼、表演的恐懼、關係失敗的恐懼、對成功的恐懼……

我越來越害怕於時間不夠用，因此越來越像斤斤計較的小氣鬼，計較著分分秒秒。是先去買牛奶再去接小孩，還是先去倒垃圾再去買牛奶，哪個比較省時間？省下來的三五分鐘又被切碎成更小的單位，擦地、鋪床，或只是把一包新的衛生紙拿去廁所放。這樣掐著時間在算計著，所做的事情卻又微小如雞毛蒜皮，令人哭笑不得。起床時，擔心早餐來不及準備好，小孩就醒來吵著要吃；工作時，害怕時間不夠再更仔細琢磨、安排；煮飯時，為了節省時間，想一口氣煮三四道菜；在賣場購物時，趕著回家，老是想用推車撞前面滑手機擋住走道的客人；跟水電師傅約幾點維修，時間比較好安排？那洗冷氣的時間呢？這些算計像是只看得見眼前一塊地，小家子氣過日子的態度。

同樣育有兩個孩子的朋友說，只要一有空，恨不得能把接下來一週的晚餐都煮起來放，我們聽了都很有同感。另一個媽媽朋友則是一大早就把晚餐的水果切好，菜先洗好，才覺得偷到了一點時間。

時間像回收垃圾，不小心掉落在地上的每一秒都被我撿起來，塞進口袋裡，等攢到一把時拿出來一用再用。

等回過神來時，赫然發現我已變得像麥克．安迪筆下《默默》一書中的灰衣男人。灰衣男人在城市裡遊走，伺機說服人們把時間省下來存進時間銀行裡，以換取更成功的人生。為了積聚更多時間，他們倡導必須廢除許多不必要的事情，包括閒聊、關心別人、欣賞路邊風景。

我害怕時間不夠用，變成貨真價實的吝嗇鬼，只知道盯著眼前的柴米油鹽團團轉，然而「事實上，他節約的時間，根本就沒有剩餘下來，有如變魔術一般，消失得無影無蹤」。每當感到時間越來越緊迫，不自覺肩頸緊縮，久了以後成了痼疾，天天都為肩頸痠痛所苦。

而辛辛苦苦省下來的時間，也不過是可以多陪孩子玩一個遊戲，多讀一本書，洗澡時唱首歌，或讓自己發個呆。當趕著出門而孩子不肯好好穿鞋時，只消瞬間，我又變回不斷索討時間的「灰衣男人」，一邊跳腳一邊催促著快快快。

今天早晨，連催帶哄把全家拖出門，走在路上時孩子突然說，天上有一棵櫻花樹。顧著趕路，我一邊拉著他往前走，一邊說怎麼可能。

「是真的！」孩子堅持，手往高高的空中一指。

果然是真的，我也看見了，在十幾層樓高的陽臺上，襯著無瑕藍天的是一株櫻花。滿樹桃紅無懼地綻放，成功與否和存在的意義與它無有關係，也不在意待會兒的一場雨就會被打落枝頭，像是把每一瞬間凝鍊成花的樣子。

# 診間

踏進診間，一派簡約低調卻不失優雅的北歐風裝潢映入眼簾，連面紙盒都特別挑選，貼心放在桌前。盆栽嫩綠，當然是假的，就擺在幾本裝飾用的專業書籍旁。醫生的口吻也是訓練有素，溫柔中帶有堅定，語速是如歌的行板，彷彿怕碰壞了玻璃，或是引爆炸彈。想來，提出的問題也自有一套流程和學院所傳授的用語，猶如保險栓保障醫病間的談話。

幾年前曾踏入的那個診間，剛開幕的簇新模樣還記憶猶新，沒多久後，候診間的書報凌亂破損，醫生的目光越來越黯淡，由於缺乏梳理，亂糟糟的髮絲洩漏不少心事，連他的手機充電線接頭都破爛得快斷了。有一次我忍不住問醫生，你還好吧？他帶著歉意的笑，想把話題重新拉緊回到手中，看起來卻跟身後的卡通壁紙一樣可笑。

從那次後，我深深體會到醫生也是人，被傾倒心靈垃圾的人。人類擅長製造垃圾，物質上與心靈上都是。

隔了好多年，這次又踏入診間。我是訓練有素的學生，對於問題盡可能詳細回答，整把整把地把一坨亂絮塞入醫生手中，見他一面點頭，一面在聽到關鍵字時敲打起鍵盤。喀啦喀啦，把情報分類與歸位，化整成具有調理的線索。在他的檔案裡，我被描繪成什麼模樣？常常忍不住好奇。

睡眠變得越來越不容易，可是年紀漸長的人不都如此嗎？要不就是睡得少，要不就是起得早，捱過這幾年，聽說有些人幾乎整日都在睡，順利的話可以就此登出人生。如果人一生中睡眠的分量有固定的配給，現在沒睡到的，將來也能睡到，就跟得到幸運眷顧的機會一樣。是這樣沒錯吧？我猜。

有時睡意已猛烈撲向我，卻還沒降臨到孩子身上，旁邊的小身軀不停翻滾，小腳一踹就把我的睡意踢跑。等到小眼睛終於都闔上時，剩我清醒的腦袋在轉著。

有一半的情況則是太早醒來的清晨，從窗簾縫望出去，天都還沒亮，時鐘指在三與四的中間，一次次睜開眼睛，以為已把時間的流沙都數過，誰會想到指針接下來就靜止不動，被鐵鎚釘死了般。撐到五點剛過，常理上可以算是早上了，才名正言順摸下床。但心裡是理虧的，知道接下來有一日的工作，才睡這點時間絕撐不到晚上。果然，下午五點多該煮飯時，全身已鬆脫得轉不緊，真希望一個開關就把今天給完結，直接睡去。無奈這時間點才是硬仗的開始，兩個孩子放學衝進家門的瞬間，會帶回來飽滿的能量，讓一小時像一天一樣漫長。

好運來到時，很快浸入睡眠中，但是也只能擱淺在清醒的岸上與睡眠之海的接界處，無論再怎麼奮力划動，都沒辦法潛入深處。夢境是我在睡眠中開啟的另一個時序，向現實挪用素材，偽裝成生活的延續。

素材雖多變，但有明顯可見的重複性。站在開演的舞臺上，卻忘了譜。第一次離家的異地生活，卻迷路找不到住處。職場上，排山倒海的準備事項與待修練的人際關係。童年時的家，湖水綠的膠面地板，邊緣微微翻起。被欺侮了，不知道如何辯解的委屈，即將墜落的孤寂。這幾年還加上母親，是不是因為我相信了人家說的，過世的人在夢裡都不說話的，所以母親真的就不曾開口，每回只是笑著看看我就走了。再不，是我四處總找不著母親，氣得哭了。這些老掉牙的戲碼在走馬燈前轉動，依序閃過，在情感礦脈形成低垂的鐘乳岩洞，讓我躲藏在其中。

由於挪用得過度頻繁，兩邊勢均力敵的拔河，一會兒把我拉向夢裡，一會兒把我拉向清醒。好不容易在黑暗中甩開拽著我的兩道力量，腦袋裡是剛被劇烈攪動的混濁，形成一股靜默的龍捲風，得要專注抓穩自己，才不會被離心力推落。所以醒來，卻還是累，感到自己比別人更容易累，累得更透徹。纍，心上纍著成串苦得發澀的果子，摘除也無用，下回依舊生出相同的果，除非把根刨起。只是連根都拔起了，還靠什麼依存呢？還有，誰不都是苦與甜共生的嗎？

看我乖巧的模樣，有問必答，醫生很快就放我走了。睡前半顆藥，帶來的副作用也需要半天才能消化完。

其他的差別不大。還是會提早醒，但比之前晚一點。還是作著夢，但場景變換速度慢些，我抱著看電影的心情看待。反正心裡明白那些夢不會這麼輕易消失，若真有這種仙丹，那必定是出自孟婆的湯藥，否則一首〈忘情水〉當年怎麼會這麼火紅呢？

隨零食袋內附的乾燥劑中有不同樣式，自幼就特別鍾意透明的。袋子透明，裡面的乾燥顆粒也是半透明，帶點粉紫，比糖果還美。雖本身具毒性，但少了這一小包，美味就無法保存。袋身上壓印的滿版字樣叮囑不能食用，使得本身更具致命的吸引力，經常把玩很久捨不得丟，沙沙搖著。就像在我腦中沙沙作響的回憶，為了保存什麼而存在著。

# 生日

早上醒來，大兒子揉著眼睛走出房間就問，媽媽的生日到了嗎？前一天晚上為了哄他快入睡，跟他說睡醒就是我生日，要快快睡著才會快快到來。孩子對生日情有獨鍾，任何人的生日都當作是自己的在過，投入地唱著歌慶祝，即使是對著積木堆成的蛋糕和色筆畫的蠟燭。

再前一天，為了迎接下一週的開學日，提前替兩個孩子剪頭髮。孩子的髮絲極細，就算地上掃乾淨，還有更多髮絲黏在衣服、拖鞋上，幾乎無處不在。往往掃了好幾回，過幾日還是能找到幾絲落在角落裡。更有一次，是扎在肉裡。這麼軟的頭髮怎麼會傷人？偏偏就是因為細，鑽進腳底的皮肉裡，稍微捏擠，便更往裡鑽，痛得沒辦法走路。還不只扎過一次，我拿縫衣針把腳皮掀開，針尖往裡頭鑽，痛得滿頭汗，才把細髮給挑出來。

孩子問，怎麼只有媽媽踩到頭髮會痛？

再更不久前，小兒子剛開完刀。我們都記得那個全家人守在手術室外面的早上。家屬等待室是個特別陰暗的房間，低矮的天花板上寥寥幾盞日光燈勉強供光，和電視新聞上的臉孔比起來，家屬們的臉面又黃又黑，讓人感到晦氣。我們不樂意一直在裡面，就到走廊漫無目的晃著，好像要幫著把時間推快一些。捱到中午，護士喚家屬到恢復室，我在小窗口填寫表格時，望見Y抱著麻醉藥剛退的小兒子緊緊貼在一起，兩個人像一個人，護士在周圍忙碌推著滿車的藥品，父子卻神情安詳。

從小兒子出生第一天起，每天耐心餵食胃口不佳的嬰孩，他一瓶奶喝上一小時也喝不完，一天各把個小時餵著，餵到無奈甚至發火，還是繼續餵著。目的是希望能把營養、體力都填進軟綿綿的幼小身軀裡，讓他強壯起來，就為了這一天滿一歲生日的全身麻醉手術。

手術完回到家，小兒子一口氣吃了好多，填飽前一夜就開始禁食的小肚子。

再更久之前呢？

小兒子剛會扶站，興致勃勃加入遊戲，大兒子很不願意有人破壞他創造出來的樂園。無止盡的爭搶、告狀、叫鬧，我笑著在旁邊看，多熱鬧。在沒有人注意到的時候，日子一天天過去，一點點的變化在他們之間，由於太過細微，經常被忽略。我看著小兒子怎麼樣伸手搶玩具，大兒子如何想辦法分配好取得平衡。

一日，小兒子白日累了，提早被帶進房裡睡覺，大兒子可獨占全部的玩具。我以為他會樂得盡情玩起來，車子、積木和書本，愛怎麼擺弄就怎麼擺弄。卻見到他一會兒推推車子，一會兒堆堆積木，不住地站起來尋找，翻箱子找不到又玩起別的。沒多久，他就主動要求提前進房裡睡，平常可是要三催四請的。我笑了出來，看他收了一個小盒子的玩具要進去找弟弟。

我知道心會被掏空，也會被填滿。

這是我第一次親眼目睹一顆心被填滿的樣子。在每一天裡，比一點、一滴還細微，以極難察覺的方式，一個人的存在被裝進另一個人心裡，產生了對彼此的需要。

也有的時候，填滿的方式會像一根頭髮扎進肉裡。你怎麼樣也想不到最脆弱的東西能扎得這麼痛。扎過的傷口留在腳底，不言不語地留下硬繭，想忘也忘不了。

生日這天，準備一個樸素的小蛋糕，插上蠟燭。兄弟倆頭一次見到燭光，見到火能被吹熄。熄滅的瞬間，孩子的眼神一閃，像見到世界上最偉大的魔術。

又隔一天早上，大兒子問，媽媽妳的生日沒有了嗎？

沒有了。我回答。

為什麼？

我不知道怎麼回答他。生出來的那天只有一天，但是生出來就是生出來了，就有每天每天。每天會發生好多事，吃好多東西，中間還要睡覺，然後突然有一天，生日又到了，跟變魔術似的，我也常為此感到訝異與驚奇。

# 火車緩緩駛過

孩子吵著要再聽一次打鼓的故事，我們的車剛下中正橋轉入汀洲路二段，是古亭區所在。幼小的目光識得這段常行過的風景，想起曾順路牽他到廟口看鼓亭的遺跡。他喜歡聽故事中守夜的村民踞在高高的亭子裡，輪流盯著黑鴉鴉的稻田，以免盜賊摸黑來襲。特別是聽到守衛者咚咚敲鼓喚醒眾人時，他黑色的眼珠就放光。

我們常到這附近的公園玩，再到同安街上找吃的，有時候路過廈門街巷弄，忍不住停下來張望我曾住過的那棟藻綠外牆舊公寓，好奇一樓的老好人房東還在嗎？過得可好？可惜孩子沒耐性聽這些往事，淨顧著往前走。

一行人拖拖拉拉邁向汀洲路與同安街口，交通依舊繁忙，這兒巷口曾是一間老麵店，店主睡在塑膠簾子後面，醒來就煮麵，父親愛吃他們的麻醬麵。不過現在都換了，街上開起越來越多時髦店面，我一個都不識得。街上不時有老者行過，邁著古老的步子悠悠晃。在他們眼裡此街應當又是另一番光景，景中必有樸實而忙碌的車站。

如今繁忙的路段曾經寂靜，只有火車隆隆駛過時才傳來機械的節拍，載運旅客往返新店與萬華間。雖僅能從文獻資料上得知萬新鐵路昔日風光，但每回重遊舊地，彷彿坐上回返時光的列車，帶著既熟悉又陌生的目光巡禮。而我二十多歲至三十前半的人生，幾乎就在這條路上流淌著。我也曾經像一列疾駛而過的列車，不顧一切向前衝。

學校畢業後，短暫借居中和的叔叔家裡，不多久便搬出，第一個落腳處在替代役中心與螢橋國中後的水源整建住宅。這兒清一色是五層樓公寓，各戶隔間與空間參差，窄仄不堪。為了便於辨認，公寓牆外刷上編號，我起先住第七棟，後來搬到第六棟，前後住了十多年。不知不覺，也習慣這兒居民貓一般的眼睛，躲在窗後覷著外頭動靜，沒有大事不隨意現身，每個人都有自己的日升月落，在各自的時區裡作息起居、走路、購物與呼吸。打搬來第一年起，定期聽聞都更會議，不過高齡化的社區不太搭理這些風吹草動，況且常居的住戶中半數是外地房客，真正的屋主能離開的，早已在外落地生根，產權紛亂得如同社區前處的榕樹林，盤根錯節恣意生長，不能收拾。

拍電影的朋友來訪幾次，讚嘆此處渾然天成的氣氛，每個轉角都是一個景，專拍落魄。後來樓下真搬來電影公司，跟他們混熟後，常見敞著門開拍攝籌備會，螢幕上的熟面孔自在進出公寓，還真有走入電影的錯覺。片子上映後，一時倍受矚目，我也進戲院看過。

在這之前，向來低調的詩人S前輩也尋到這兒找住處，在巷口第一棟。記得屋裡有高懸的木造儲藏格，如同棺木與神龕並列，大概是要應付早年空間不足，給小孩子將就睡。久經年歲，房屋既潮又黴，看了驚悚。不過我也因此開始認識些詩人前輩，義務替詩社處理行政雜務，開詩刊會議時在旁邊吃蛋糕瞎胡鬧，沒想到成了我日後寫詩的啟蒙。

那時候我養狗，去哪兒都帶著牠。在這廢墟般的邊緣地帶，卻異常容易去到任何地方。趕劇院看戲，往南海路書香市集，到臺師大附近的咖啡店參加新書發表會，都是日常。沒錢的時候，到羅斯福路上的「大世紀」看二輪電影看到飽，從幻夢的黑夜出來時，常常迎接我的已是現實的黑夜。

也帶著狗去書店「舊香居」坐上一會兒，懵懵懂懂的聽「大人們」聊天，或到永康街的「Mei's Tea Bar」，總會遇上幾個作家在裡頭閒談。就是吃自助餐，都能遇到作家前輩同桌。我們笑說，這裡租金便宜，窮作家窮藝術家都擠在這兒。二十多歲的時光彷彿在街上奔馳著揮灑而盡，尚且不知道窮字背後更大的意義與空洞其實是無關金錢的。

現今想起來，更懷念的是每天早晨與傍晚，牽著狗到社區前面的樹林散步。偌大林子靜悄悄被忘在市中心，沒有圍牆阻隔，只有居民隨意走動。那時候沒留心政策的變更，誰知沒幾年後被拆除，改建為客家文化主題公園。又在沒注意到的時候，一座巍峨的橋默默搭起，穿過水源快速道路上方，抵達河濱公園。轉眼間，兒童交通博物館走入歷史，旋轉木馬、碰碰車、漂浮船都去哪兒了？最讓人懷念的是園內占地頗大的模擬道路系統，縮小版的平交道、斑馬線、紅綠燈與高速公路一應俱全。只是我居住的那些年，設施幾乎停擺。我們總是繞著這些路散步，狗兒聞著牠的草木，我想著我的心事，一圈又一圈走著。

原以為改變是緩慢的，蠶食般耐著性子伸入底層挖掘，一磚一瓦的挪移。

或許是因為那時候的我正經歷各式各樣的劇變，學習擁有與失去，次次回回都翻天覆地的狂暴。又或者每一種改變其實都是一瞬，如同鯨吞，說沒有就沒有，任憑抗拒也是枉然。

然而也有些改變是欣喜的。

同安街巷底的紀州庵文學森林曾經是燒毀的半座木樓，用大片藍白防水布半掩，外搭鐵皮屋頂遮雨。焦痕烙印在木柱上，散發讓人無法親近的陰森感，向來只被經過，不做停留。是廢墟的廢墟。

二〇〇六年，依傍這片殘破，海筆子劇團搭起帳棚做戲。前些日子和當時臺上的演員聊起這往事，兩人日漸鬆弛的腦力竟想不起戲名，連演什麼都忘了。但我記得坐在臨時搭建的觀眾席上，刺骨寒風四方撲來，雙腳踩在溼濘的土裡，而整座戲臺則像隨時要陷進爛泥。劇團裡的大姊在帳棚外煮著大鍋菜，笑談如何跟鄰居借水借電，排戲時餐餐升火燒飯。他們就像地上的爛泥一樣固執，堅持著不可思議的展演計畫，為底層人民發聲。

幾年後，大姊在汀洲路三軍總醫院對面的巷子裡開小酒館，之前演出時管前臺的貝貝在酒館二樓首演了一齣具代表性的獨角戲《無枝》，道出移工心聲。這裡成了小劇場的另一個新據點，舉辦行動藝術演出，成為他們日後拓展的基地，也帶給我極大的啟發。

我甚至想不起來到底怎麼認識這些人，又怎麼混熟的。

貝貝出車禍後，一時交通不便，我經常騎車接送，順便在她家蹭飯。直到她決定接受南部大學的教職時，我順理成章住進她廈門街的租屋處，成為新房客，就此離開水源路。

新居裡沿用舊市話號碼，琪姊常在夜裡打來，那會兒他剛完成自傳性書寫《台北爸爸，紐約媽媽》，話中雖常談起出版的事，卻又不像是只為了談這些，故我經常感到慌張，不知如何應對。那時候已少有人還執著打市話機，一概用手機聯繫，唯獨琪姊。電話放在睡房角落，鐵花窗影灑在地上和我盤坐在地的腿腳，習慣摸黑講電話，好像就能聽得比較仔細，卻還是沒聽懂什麼。我突然想不起來，什麼時候給過他電話號碼的。後來我甚至有點懼怕接電話，擔心自己沒能好好承接電話另一頭的熱切。

一次沿著汀洲路騎車往劇團排戲，瞥見琪姊的身影，猶豫著要不要停下打招呼，卻還是騎過去了。我總是這樣。

也許我是跟孩子一樣淨顧著往前，不願回頭，我也再沒踏進水源國宅中。最後一次在那兒，深夜和住在隔壁棟的K約在巷子中間，靠著布滿苔蘚的牆垣談話，她說換了新床單、新藥、新男友，但是通通不好。我倆年齡相仿，K靠翻譯營生，少有時間寫她一心嚮往的詩與劇本。再一次見到她，還是很美，坐在臺上回應讀者，看起來是那樣新，那樣好。

這些人這些事，在我生命的班車各自上車下車，往事像錯過的車站，不復追憶。既然只能任憑軌道宰制方向，不如就好好欣賞沿途風景吧。這是好久以後才想通的事。

回程時，孩子在車上睡著，沒見到他最愛的吊臂機正在中正橋下工作，下一個要變化的風景又是哪裡呢？萬興鐵路後來因載運量下降而停駛，鐵道拆除，除了記憶，沒留下絲毫痕跡。汀洲路還是忙碌，還是比以前更忙碌了？也許列車從來沒停下來過，一年年一代代載著我們只是往前，不曾回頭。

# 停課的那一天

一整天下來，手機裡都是關於停課的訊息，包括隔離在家的注意事項、如何通報、去哪裡取得快篩劑、兒童是否能打疫苗……占據好幾個通訊群組。當然還少不了由政府每日固定發出的疫病統計、衛教資訊等。自從新冠肺炎疫情占領日常，雖然轉眼間出門隨時戴上口罩的生活已經過了兩年，也曾經歷舉國上下搶購口罩、酒精的階段，甚至那時候不知何故連衛生紙、罐頭食品、泡麵都跟著缺貨，加上共同體驗疫苗第一劑的高燒副作用後，對這些起起伏伏的風波早就習以為常，但如果事關停課，就是沒辦法等閒視之。

換下外出工作的衣服，徹底洗淨雙手，準備晚餐時手機也沒停過，數則新訊息接踵而來。

會停嗎？

要停了嗎？

輪到誰了？

這次，真的要停了嗎？

回想上一次停課恰好是一年前，因為疫苗還沒普及，所以臨時宣布全國停班停課，加上緊接而來的暑期，長達三至四個月的時間，成為有史以來最長的暑假。不少家長們都叫苦連天，巴不得快快回到工作崗位。

家裡兩個學齡前的男孩在那段期間，因為完全不能外出，把能玩的東西都拖出來玩過好幾輪，從沙發跳到桌子上，再爬到櫃子上，在狹小的家裡四處亂竄，這樣還不夠他們發洩。到了睡覺時間，怎麼樣就是睡不著，在床上又翻又滾，耗盡大人的心神。兩歲和三歲加起來的威力，家裡牆壁很快就出現裂痕（被他們踢的），油漆剝落（被他們摳下來的），沙發變形（被他們跳壞的）。我們和房子一起急速老化十年。

朋友不以為然地說，你們家這樣都還算好，至少不用盯網課、看作業，如果遇到孩子要升學考試的關鍵階段，更是操心。聽完以後，也覺得好像真的沒這麼嚴重，頂多就是跟兩隻猴子關在家裡幾個月而已。

但如果要再來一次……想到就頭皮發麻。

由於已走向與疫病共存的階段，這一回的停課則是零星分散在各處，朋友們的問候變成，「你們停了嗎？」、「什麼時候復課？」和感染到病毒相比，正常生活的崩壞是疾病下的另一種副作用，而且更普遍、深入，持續得更久。

才一轉眼，又已經超過半年沒見到父親。透過照護中心定期傳來的訊息，提醒我們替父親添購看護墊、溼紙巾、乳液等消耗品，藉此得知一切安靜地如常運作。由於與外界隔絕，有時候我會想像那兒是一處桃花源，父親日日悠閒安好。而我也必須這麼相信。

婆婆在上一次停課期間，由於過度勞累，身體多處出現警訊，這也是我們沒預料到的。為了適當休息與復原，婆婆暫時維持低度活動，讓身心處於半休眠狀態，正在一點一滴重新找回力量。

也聽聞熟人的孩子在長時間封閉的狀態下，情緒產生強烈震盪，須定期到身心科報到。孩子比我們更敏感地反應出心靈狀態，當所謂的正常生活偏離軌道時，即便找不到恰當的語言訴說，他們也會發動全身的力量來反抗。

和久違的老友碰面，她聊起在大學任教的見聞，課堂上遇到的大一新生正好在高中時期遭逢疫情洗禮，比起與人面對面互動，他們更擅長在網路上建立人際關係，而戀愛經驗也因此被侷限，不禁為他們正值青春勃發的年紀感到惋惜。這當然是片面的觀察，不過校內實體社團數量確實大幅縮減，短期內勢必無法再像過去那樣活躍。

身邊不少從事音樂工作的朋友，其中管樂器因演奏方式的限制，總不能戴著口罩吹奏，所以影響最大。在情況嚴峻時，每回上臺前都得做快篩測試，這又是另一番想都沒想過的景象。我們當然也樂見人們運用視訊的便利，在人心最低靡時透過網路跨越時空合奏出撫慰人們的樂音，但這些替代的方式終究無法取代真實的接觸與交會。

還有更多因此而開始產生裂縫、剝落的狀況，無法一一細數，都成為這一段不可思議時代的切片。

接到學校的預先調查通知單，我和Y討論萬一被匡列或確診而停課，誰要陪孩子隔離十天？該如何分配在家隔離的使用空間？可能需要先準備些什麼物資和藥品？討論完後，心裡覺得踏實些，至少知道敵人來的時候要往哪邊躲，才能躲掉迎頭的一擊。

買回來的菜、牛奶、豆腐、麵包，在外包裝噴上酒精才收進冰箱。我們看不見病毒，所以噴灑所以盲目地消毒，酒精彷彿庇佑的聖水，換來片刻心安。

一邊等待瓦斯爐的水煮滾，一邊整理待洗的衣物。為了謹慎再謹慎，每日換洗的衣物不知不覺變多了，洗了又摺，摺了又洗。每回伸手撈撿洗衣桶裡的襪子手帕，雙手機械化地摺衣，確確實實感受到日子如水，流動再流動，儘管很多事情都暫時停擺，但時間不因誰止息，令人稍感欣慰。

最後一次去探望父親時，推著輪椅在公園散步。我跟他說，「爸，世界發生了不得了的大事……」接著細數這段日子的改變。父親聽了嘖嘖稱奇，又百思不解。「你看，公園裡的人是不是都戴著口罩？」他這才抬頭張望，仔細瞧著此生沒見過的奇景。等我們散步到池塘邊，他已忘了連自己臉上都掛著口罩，忘記許多事情。這或許是好事，世界在他眼裡仍一片祥和。

手機又響了，這次是團購群組，群裡有人拜託團主幫忙帶貨，馬卡龍色的口罩恰好能搭配最近流行的衣飾，愛美的人任何細節都不能大意。團主還順便進了一批酒精噴瓶的隨身皮套，造型小巧精美，掛在包包上也不失時尚。才不過兩年前曾經大規模生產的口罩套，因應當時口罩供貨不及，為了讓醫用口罩能重複使用而被催生的產品，如今已不見蹤跡。婆婆那時候買了好幾款花色讓我們替換，現下已閒置在抽屜裡多時。

置身在改變的當下，近距離觀察每一個微小的生長與消滅，知道快樂有保存期限因此要把握，知道擔憂會過去所以無須過度懼怕，原來也是活著的感覺。

晚餐陸陸續續上桌，水煮玉米、新鮮牛番茄、醃蘿蔔、炒青菜，剛好呈現亮黃、鮮紅、碧白與翠綠，一盤一色。最後再端出小火慢烤的孜然雞腿，香氣四溢，肉汁鮮美，滋味最是下飯。飯菜安靜在桌上等待，餐桌頓時成了集合色彩的調色盤，預告著接下來熱鬧的畫面。

時間一到，Y和孩子進家門，孩子的叫鬧歡笑立刻把家裡填滿，他們急著分享學校發生的事情，我急著要他們先把髒衣物脫下與洗手，日常循環的混亂也是一種秩序。好不容易一家人終於都坐上飯桌，整日來的緊張疲憊被隔絕在家門外，吃到家裡的飯菜，熟悉的味道讓精神放鬆，心也就穩下來了。

＊隨政策滾動式修正，隔離天數由起初十四天，減為十天，並持續遞減，漸漸走入疫病共存。

# 汽座之間

旅行二字，對育有幼兒的家庭而言，聽來格外刺耳。當然網路上有不少神人，前頭掛一個娃兒後面背一個孩兒就上路旅行的家庭大有人在，天涯海角也難不倒他們。不過對我這種連自己上山下海都有困難的人來說，一手拎一個幼兒出門，最多只能去公園，最想去的是百貨公司（擋風避雨有冷氣，洗手上廁所都便利，走三步路還沒開始喘就有椅子坐）。

不過換個角度說，每每出門，都如旅行般困難。

先說甩不開的大包小包好了。尿布奶嘴奶粉奶瓶備用衣褲再加上泡奶的熱水，不管你多會塞，最少也要一包。好不容易擺脫奶瓶時期，大大小小的水壺加防蚊液溼紙巾酒精衣帽哩哩摳摳，還有小肚子隨時餓了要吃的乾糧。精簡如我，幾年下來堅持一包出門。但為了避免上路時缺東缺西太窘迫，還是回回都得細心準備，樣樣件件都檢查帶上。否則就等著看是大人先爆炸還是小孩先崩潰。幸運的是，不管大包還是小包丟到車上就輕鬆了，這也是有車代步的好處之一。因此每見到乘大眾運輸的幼童家庭，心中都敬佩得五體投地，也深感其家長的辛勞。

此外，帶孩子出門就連時辰都得拿捏好，才不會遇上孩子餓了卻塞在車陣裡，孩子睏意來襲即將變身成小惡魔時正在活動進行中，無處休息，瞬間暴走。一趟簡單的出遊，若不是經年鍛鍊，全家磨合出再差一點點就會變臉的默契，經常能演變成一場災難。

帶孩子自駕出遊，其中必不可少的，就是汽座。

我家有兩張汽座，依照法規，一朝前一朝後，已將後座空間占滿。照理說我若坐在副駕駛，位置剛好，一家四口歡喜上路。可是孩子偏不。

一下子要喝水，一下子要吃餅乾擦鼻涕抹蚊蟲藥，或只是要陪，我就算手再長也沒辦法一直伸著手伺候後頭兩位。只得移到後座了。

兩張汽座中間剩餘不到半張位置的畸零空間，原應當用來置放袋子與雜物的，就不得不用來塞擠我這尊不算小的身軀了。車門一關，我哪裡也不能去，不管多長的路程都只能三十度角側坐，背後不能完全靠著椅背，兼勒上安全帶後的束縛感，這些都還算好的。

在這無法動彈的空間裡，兩側小手勾著拉著，有時扯我頭髮耳朵，揮之不去的小手啊一路侵擾。此外還有精彩的聲響效果，左一聲媽媽我要喝水，右一聲媽媽妳看妳看妳快看，先生在前座駕車也不甘寂寞要聊上幾句，三人同時發聲，如聲聲迫近的立體環繞音效。我位居車身中心點，哪裡也躲不掉。往往車子還沒開出家附近的街廓，我已經被轟炸得連連大罵安靜一點，最後只好每人嘴裡塞餅乾換了幾分鐘安寧。如此陣仗，駛往僅二十分鐘車程的目的地，就已耗光耐性。

說來出遊時我最愛的行程，便是孩子瘋跑了一早上，吃過午飯，血糖瞬間升高飽而呆而昏昏欲睡，開車搖晃一會兒，終於耗盡他們滿滿的電力，軟在汽座裡睡去。此時若直接返家，孩子好不容易積累的倦意會瞬間全消，立刻又活跳起來，功虧一簣。只得覓一靜處，停下車，讓他們睡足。

此刻的我，雖仍困坐在兩張固若金湯的汽座中間，但是沒了不絕於耳的叫媽聲，小手也不抓不揮了，身心愉快許多。只是等他們睡飽的一兩個小時裡，動也動不得，又不能下車以免吵醒孩子。此時唯一能做的，就是看書了。

因此在已經裝得飽飽的袋中，還得在邊上硬擠進讀物。中午一過，就等小孩吐出沉沉的鼻息，睡得仰頭歪臉流口水，再打發先生去便利商店買杯冰咖啡坐坐，我就能取出書冊安安靜靜讀上一會兒。有時是看一半的小說，有時是出版社寄來的新書、文學獎的評審稿件，或者正在梳理的書稿。我撥開文字的肌理，獨自潛入另一個行旅的路途中。忙得不可開交的日子裡，只有這時候能閱讀。讀累了，欣賞身側的迷人臉龐（孩子睡著時總是比醒著可愛），看一會兒窗外零零落落的人車，也會不小心就發現一抹秋意染上樹梢，一片雲影真巧也在旅行途中，或是滯悶的空氣裡正在醞釀一場大雨。有時，就乾脆一起睡去，母子三人擠擠地挨在一起，如同乘在一條擺盪的船上，周遭有多遼闊，我們就有多緊密。醒來一看，先生也在前座鼾著。時間像凍結似的，一日到頭都鬧糟糟的一家人全都靜了下來，像一幀靜畫，外頭的喧擾也吵不醒我們。只有在這些停頓的時候，會警醒地察覺到，時光正從那些睡去的鼻息和眉梢中悄悄流逝。或許如此，小手像是隱隱知道未來的前路，即早就預習著，才會毫不保留力氣抓取他們想要的。

接著，在第一滴雨落下前，第一雙眼睛睜開了。睡醒惺忪地喊著，媽媽。我收起書冊，伸出手握著。不久後又要恢復吵鬧了吧，而我的背和腰也將屆極限，痠疼無比。不過此刻，在兩張汽座之間，還能再忍上一會兒的。

# 當歐巴桑遇上歐巴桑

世人對歐巴桑這個稱呼多有歧視、貶抑與嘲弄之意。要想得罪女性，只要喊她一聲歐巴桑就行了，包準對方沒好臉色。至於歐巴桑的定義到底是從何來劃分？若以年齡來界定，好像不是很公平。歐巴桑所傳達的形象似乎與舉手投足之間散發出來的氣場有關，加之措辭、語氣、聲調的綜合表現。而影響這一切的核心，來自於某種充滿矛盾的信念，時而如磐石般固執，不容他人稍有動搖或質疑，時而又是天底下最良善溫柔的寬大胸襟，過了一條模糊的界線後，隨時都能湧現滔滔的母愛與眼淚。真正的歐巴桑結合了各種模稜兩可、難以捉摸的特質，少了少女的柔弱，以一種粗礪兼具柔韌的質地彰顯在一舉一動之中。而其中最具代表性的又屬眼神。修練得較高段的歐巴桑往往有一雙能看透人的眼神，定神一看能把人看到全身發軟，再看，就讓人頭皮發毛。

這次過完生日，年齡終於踏入四字頭的領域，早晨醒來意外地感到無比舒暢、愉悅滿足，好像每天都睡得特別飽，飯吃得特別香。說意外，是因為二十幾歲時，在想像中總認為衰老是件悲傷且難堪的事。只要想到將來會變成像路上那些婆婆媽媽一樣體態臃腫行為粗俗就忍不住覺得噁心，和姊妹們都起誓絕不能走上那條路，就算老，也要老得優雅高貴。

然而越多人走的路，必定有它無法取代的優勢，有其存在的道理。歐巴桑這條路，實在是又大條又好走。

隨著這一天的到來，眼前的路越來越平坦、開闊，路旁的花兒為我開，鳥兒為我唱，連陽光都為我普照大地。真不知道打哪兒來的自信，走到哪裡都不覺得生疏，說狂妄一點，覺得處處都是我的場子，沒什麼好害怕的。但隱約還是知道，跟爐火純青的資深歐巴桑比起來，我還嫩著。

身為初級歐巴桑，每到各單位辦事情時，見到一旁講話小聲的年輕人便忍不住皺眉。心想，講這麼小聲人家怎麼聽得見，櫃臺辦事的人員一天要服務多少人，有多少事情要忙，萬一聽錯了還要被投訴被主管罵，當然要講大聲一點好讓人一聽就清楚明白，辦起事來才又快又準確吶！誰知轉頭一看，和我講話一樣大聲的，正是站在騎樓中央講電話的婦人。

外食點餐時，遇到講話含糊不清的服務生就一肚子火，一問三不知的更是煩，最後就丟給Y去點餐，免得我一張臭臉嚇到人家，回頭人家到廚房裡下毒。

可是遇到剛上任的承辦人員，聽他在電話裡講話結結巴巴，一句話緊張得碎成三句半，我在聽筒另一端還得自行拼湊他的意思，突然又慈悲為懷，不禁同情起來，滿是耐心等他把滿口碎語抖落才好聲好氣地回答，一點都不為難對方。

至於什麼時候刻薄，什麼時候慈悲，中間的差別其實自己也說不上來。不過這兩者的反應就像鏡子的兩面，其實照著同一個人。說話小聲、結結巴巴，讓人想起小時候沒自信的自己，一輪到站在臺上時真的只能束手無策地盯著地板，煎熬等待。為此，沒少捱過罵。大人一再說要大聲一點，要有自信。可是我不管怎麼掏，就是掏不出半點兒自信，聲音也像給人奪去了。初入社會時，講不過伶牙俐齒的前輩，常常只能事後悶聲後悔當初怎麼沒想到要如何回話，甚至幾年後想到，還是會怪自己要是再聰明一點，至少能讓事情有個圓融的結局。俗話說後悔沒藥醫。後悔久病終於熬成良醫，再看別人犯這毛病時，就忍不住刻薄，其實是氣自己從前不長進，又忍不住同情。不過同情歸同情，千萬不能一副什麼都懂的樣子給起意見，不然就更遭人嫌，這一點自知之明還是要有的。

還有一次去買東西，店員格外殷勤，我氣定神閒左指右指，挑了幾個問問，不為店員話術動搖，最後還多領了三兩樣伴手禮。回到家裡，我心有感慨跟Y分享，年輕時臉皮薄，怕被人笑什麼都不懂，所以買東西也不太敢問，現在不一樣了，什麼都能拿出來問。Y一臉早就識破般淡淡地說，這就是底氣足了。

聽了這話，再回頭去觀察，發現果真每個歐巴桑都有一股綿密厚實的底氣，像蓮花寶座從底盤托住，必要時刻隨時發功。這道自帶光芒的底氣每個人的來源不同，有些來自滿滿的荷包，有些來自厚厚的臉皮，有些是發自由衷的不在乎，有些則落實貨比三家不吃虧、天涯何處無芳草的豁達與從容。

買東西時，當歐巴桑遇到歐巴桑，妳知道我的底價，我知道妳的底線，真有種棋逢敵手的痛快，彼此心照不宣，兩三句就能成交。銀貨兩訖後，還交換互相體諒的無奈眼神，對生活的繁瑣與嘮叨盡在不言中，感謝彼此的體貼，真是身心都安慰到了。

另有一次上廣播節目錄音，和主持人初次見面，嗅聞到彼此的歐巴桑氣息，話不多說火速開工。三集的節目，不到表定時間就錄製完成，兩人都大呼過癮。收拾東西時，我們笑稱最喜歡跟歐巴桑工作，因為大家口袋裡都有長長的待辦清單，所以巴不得在短時間內進入工作狀態，也能力求迅速收工，懶得多囉嗦。交換聯繫方式日後找時間聊聊這種閒情逸致，就先免了，回到家根本抽不出時間來回手機訊息，能不能成為朋友就留給日後的緣分去操心吧。後來在工作場合中，遇到同為歐巴桑，常不免有種惺惺相惜的情懷，都能體會對方的無情與直接。雖然被殺個片甲不留時還是會在背後咒罵幾句，但罵到後來的結尾總是心軟，想來她大概也有一籮筐不能為外人道的難處。

有了這分情懷，到處都能聊上幾句，簡直像辦了一張無敵的黑卡，通行無阻，四海為友。

曾幾何時，搭電梯時能跟不認識的鄰居交換倒垃圾情報，買東西時能跟不認識的客人透露折扣資訊，排隊時被前後的鄉親攀談，也不像以前那樣感到被打擾而惱怒，反而聊得挺開心。因為她們都是內行人，各個身懷絕技，在各領域有資深的經驗與獨到的看法，說話直奔重點，也知道如何繞過重點，所以好聊好分享，就連說再見時也很乾脆。

曾經見識過武功高強的歐巴桑展現聊天功力。每到一個新的地方，不花幾秒鐘就能找到人聊上，不出幾分鐘就精確掌握在地資訊，隨時隨地變身成情報員，叫人佩服得五體投地。

然而在歐巴桑直來直往的外表下，隱藏著相反的內裡。如果每個男人心中都有個長不大的小男孩，那麼每個歐巴桑心裡就有著纖細敏感的少女心。只是迫於現實無奈，不得不堅強。在宏亮的嗓門下，其實有更多未說出口的話，反正也沒人聽，就乾脆不說了。在看似不沾煩惱的海派處事風格下，其實是彎彎繞繞的心事，像一條接著一條的羊腸小徑。因為知道這些深不見底的巷弄有多黑多險，有多麼難脫身，因此習慣了小心翼翼地繞過，絕對不能踏入半步。為了給自己壯膽，嗓門又提高了些，說話又更快了點兒。

近年來，越來越多以此為題材的影視作品，螢幕上不再是清一色皮膚緊緻的細腰長腿美女，身材鬆垮垮的高齡女星反而更具特色，外型與演技上的辨識度也更高。二〇二一年，法國女星茱莉・蝶兒自編自導自演影集《四十才開始》（*On the Verge*），在我輩心中更是一大指標。還記得我們都曾著迷由她主演的電影《愛在黎明破曉時》，一對素不相識的年輕男女漫步在深夜的法國街頭，暢談人生與理想，直到破曉之際。現在誰還走得動這麼長的路？當然是巷口有便利商店馬上轉進去坐坐，更不可能在外面晃到天亮，吃完晚餐就只想待在家裡。不過茱莉・蝶兒當時就是浪漫的化身，膠原蛋白與愛情的代言人。

九年後，她以更加成熟迷人的姿態再度降臨巴黎，演出電影續集《愛在日落巴黎時》，那時我們已嘗到青春的甜美與苦澀，但等待在眼前的則是更多的機會。

又過了九年，我們都快忘了這兩部曾經被列為人生電影排行榜前幾名的經典之作，終日在現實中浴血奮戰，不時會有不識相的人在旁敲響關於年齡的警鐘，茱莉．蝶兒再次走進螢幕演出這系列第三部電影《愛在午夜希臘時》，我們都在螢幕前震撼了。劇中的她和我們一起變老，雖然依舊美麗，但不乏步入中年的迷惘，以及面對人生下半場的惶恐，和隨時都能豁出去的勇氣。

所以當她推出這部影集時，我們似乎預先做好了心理準備。來吧，皺紋、黑斑、發胖、皮膚粗糙！來吧，動不動就脾氣暴躁、情緒化！來吧，看起來總是很累，但下一瞬間又能火力全開的能量！茱莉．蝶兒和我們的距離越來越近。以前美到發光的她，現在和我們一樣又累又老。劇中四個年近五十的女性所面對的難題，距離我們也越來越近，而說來說去，還不就是那些呢？不論現在的我們正在關係中，或是離開關係中，正在危機中，或剛剛化解完危機，人生還是稀里呼嚕地往前，畢竟我們是如此平凡。二十歲以為三十歲就能解決的問題，到四十歲依然還在，只是變得沒這麼在乎這些問題了，而是更能為自己的信念而堅持。躺在沙發上看劇，看著在螢幕反光裡面自己的膚色如此暗沉，法令紋深得像包青天，卻笑得像個傻瓜。

四十歲的我就這麼放鬆褲腰，理直氣壯地排進了這列隊伍裡，且沾沾自喜。頭頂上漸漸冒出煩惱絲，心裡實際上沒裝太多煩惱，因為我的心要用來裝更重要的寶物，至於真正的煩惱連同小腹，已經大到懶得去理它了。

# 安妮們

戰爭是什麼，孩子問？

前一晚，他在飯桌上聽到我們談論俄羅斯入侵烏克蘭的消息，當中有不少陌生的名詞。今晚，我們又討論起新聞內容，顧不上碗裡還有沒吃完的飯菜，他又問。

先把飯吃完再說，我一貫這樣回答。

事實上，一時間我也不知道該如何陳述戰爭這個龐大又混亂的主題。抽出書架上的書，是葡萄牙詩人何塞・豪爾赫・萊特里亞所著的繪本《戰爭》。晦暗的色彩揮舞出銳利的線條，蜘蛛與蛇，重複的句型逐次加重，詩人用抽象的語言來解釋抽象的概念，在孩子的認知中先上了一層底色。

但是戰爭到底是什麼？戰爭的抽象是由無數的細節編構而成，每一個細節都關乎現實，關乎吃喝拉撒睡、呼吸與喘息、哭泣與擁抱、別離與重逢。

戰爭的時候，還是會肚子餓、想尿尿、放屁喔。

逃走的時候，這些還有那些玩具都不能帶走。

「連故事書也不能嗎？」四歲的大兒子追問，小兒子在旁一知半解地聽著。

「對，只能帶走重要的東西。」我說。

「重要的東西是什麼？」他又問。

我再次陷入沉思。想起《安妮的日記》或許能提供一些線索。

戰爭來時，最先聯想到巨響，那是來自影視的刻板印象。然而安妮．法蘭克的日記裡，戰爭的主旋律卻不是砲火隆隆或是槍林彈雨。雖然寫下日記時，並不是為了要提供給其他人閱讀，但是安妮卻意外地為世人捕捉到戰火下的另一面真實，在那裡依然有著青春期的煩惱、學業的焦慮、人際關係的紛擾與一日都不可少的民生問題。在她逃離家園所能攜帶的重要東西當中，其中之一便是日記本，為熱愛寫作的安妮在隱密之家躲藏期間提供心情宣洩的出口，也成為人類在戰火下仍能保有高貴澄澈心靈的見證。

其中，安妮記錄一家人與其他家庭躲藏在狹小的藏身處，為了安排食物來源，他們細心計算飲食量，悄悄託付親近的友人採買馬鈴薯、罐頭等食物，並且在有限的物資條件下，盡可能善用每一份食材。

回想起二〇二一年新冠肺炎疫情高峰時，在疫苗尚未普及的情況下，不得已採取停班停課的措施，全國上下皆減少外出。三級警戒實施第一天，街上靜悄悄的。不只是街上，車站、百貨公司等往日鬧哄哄之處全都靜了下來，空了下來。身為家中掌廚者，我在Ａ４白紙上寫下逐週菜單，一日三餐，依照易腐敗及耐存放的食物區別來規劃，整列出所需要的食材量。接著，由當時唯一已接種過第一劑疫苗的公公外出採買。為避免群聚，那段時期政府呼籲減少前往傳統市場，所以只能依賴附近的超市提供貨源。每趟採買後公公回到家裡，我們便急著詢問外面人多嗎？情況如何？不多久，超市開始出現缺貨情形，不一定每次都能買到青菜與肉品。有好幾天，葉菜類都只能買到我不愛吃的蘿蔓萵苣，但也為了還能買到食物心懷感恩。我們擠在小小的家裡，勉強維持線上工作，同時要安排兩個幼兒的學習與遊戲，在非正常的情境下維持最大程度的正常。那時候，我也想起了安妮，想起她筆下的日子，想起她躲在窗簾後面窺視街道，而我們則是透過網路上傳遞的照片、影片與道聽途說的謠言滿足知的慾望。

外出時除了口罩，有些人戴著護目鏡、手套，那是另一種戰鬥服裝，所要抵禦的是眼不能見的病毒。不只如此，因為病毒附著在人們身上，我們在那段時期養成足不出戶的習慣，熟識的人也暫不見面，生活篩除到剩下核心的人際關係維持著。在關係核心泡泡之外的人們，因為無法確認安全與否，皆視同不安全。幾個禮拜過去，開始聽聞熟人出現身心狀況，即便未染疫，也因為非常時期的生活型態，關係的疏離與真空，心靈漸漸失去力量。世人繼世界大戰後，再度共同面對著一場無形的戰役，考驗著健康、經濟、教育、文化等層面，重新界定國與國、家與家、人與人，是摧毀，也是重整。

孩子看到影片中的動畫人物巧虎、Pingu，還有偶爾接觸到的人物畫面，好奇的問，「巧虎去上學怎麼沒戴口罩？」、「為什麼 Pingu 回到家不用先洗手？」、「這些人出門為什麼都不戴口罩？」這也是很難回答的問題。我們站在歷史新的一頁之上，這些時刻心中默默地有著這樣的感受。

好不容易捱到疫苗普及，像一場全國接力賽，一劑接著一劑打，提升防禦力，生活勉強回到常軌，卻又傳來遠方的戰火。

一九四二年，當安妮寫下日記時，可曾想過在許久的未來，人們還是會愚笨到再度發動戰爭？

不同的是，這一次我們不只有一位安妮。

二〇一五年獲諾貝爾和平獎的白俄羅斯記者作家斯維拉娜．亞歷塞維奇花費數年採訪上百人，寫下四本文獻文學。在每一篇採訪中，孩童、成人、老者、男與女，都有著安妮的面孔，終於能在戰後數年，以口述的方式讓世人得知戰爭期間的遭遇。戰爭劃過他們的臉孔，戰爭就是他們的臉孔。

二〇二二年，透過網路傳播與自媒體的興盛，烏克蘭人民舉起手機，拍下身處的一切，讓我們即時見到戰況。戰爭並不是只有瓦礫堆、頹圮的樓房、殘破的街道，戰爭還有孩子和父親道別的眼淚，還有用一杯熱茶接待敵人的溫度，有年輕人奔赴戰場的勇氣與他們背後不捨的雙親。

而逃走的時候，所能帶走的重要東西是什麼呢？闔上書本，我愛憐地撫摸兩個孩子的小臉，內心祈禱著和平永存。

身為母親，要如何在倉皇之際帶著孩子安全離開，我一想到就心裡難受，忍不住泛淚。大概許多母親都是知道彼此的，於是在鄰國波蘭邊境的車站月臺上，其他國家的母親們紛紛留下嬰兒車，留給烏克蘭的母親們使用。這些也是螢幕後面不知名的安妮們，透過他們的雙眼替世人記錄下來的細節。

戰爭是什麼？看著網路上流傳的照片，我好像又多明白了一些，更加知道該如何向孩子訴說。

但是如果可以，但願不要再有機會去更理解戰爭，就讓它成為即將消逝的記憶，甚至封存在書裡成為神話。

# 除溼機

自從換了新的除溼盒，經常忘記從衣櫃裡拿出來。盒上的顯示窗從原本乾燥的橘色呈現吸飽溼氣的綠色，插上電源後，即可重新脫除溼氣。不管乾或溼，搖起來沙沙作響的，是裡頭填滿的除溼顆粒。因為過程太抽象，見不到一絲水氣，無法估量被吸附多少溼度，我一直對這臺小巧便利的機器不甚有好感。

除溼，本身就是挺虛幻的行為。

懸浮在空氣中的水氣摸也摸不著，除了溼度計能用數字說上話之外，其餘全憑個人感覺。

溼一點的話，到底是多溼會超越舒適的臨界點，令人不由得煩悶，像隻被關在籠裡的貓不住地繞圈子，看什麼都不順眼，渴望逃出這片水分築起的牢籠。若是乾一點，又是乾到什麼程度，讓皮膚緊縮口乾舌燥拚命喝水，猶如被抽乾了半條靈魂，輕輕一碰恐有脆裂之虞。

我曾有一臺笨重的除溼機，儘管那幾年三天兩頭就爆出機身著火的驚悚新聞，猶如擺在家裡的不定時炸彈，多次猶豫是否該淘汰掉，不過每逢溽暑與陰雨寒冬，又忍不住啟動。

那臺除溼機猶如陋室裡跳動的心臟，機器運轉發出規律低鳴。感到寂寞時，席地坐在一旁，領受它李歐納·柯恩式富磁性的嗓音，似乎就有了被陪伴的錯覺。通常一至二天，水位抵滿水線，自動停機。每當拉出儲水盒，難以想像汙濁的空氣裡竟能提煉出這般澄然的清水，乾淨得像是特別揀選，誘人一飲而盡。

滿滿的，沉重的一盒水，搖晃地端到洗手臺倒空，再次歸零，周而復始。

雖然天空依舊懸浮著揮之不去的塵埃，我卻是水的信徒，日日虔敬地蒐集、供奉、傾倒。這些自虛無中採擷的水珠，悄然聚集，替無法言語說明、雙手掬捧、耳朵諦聽、雙眼親見的事物做了最好的明證。

大抵寫作的人都是勤勞的採集者，時時刻刻汲取著流過身旁的每一樣物事、溫度、氣味、乾燥與溼潤、話語和眼神。自細密濾網流過的點滴回憶，哪怕是片刻的感受也能分裂成N次方，一日的感受則能增生如蟲洞般曲折，逝去的時日並不會逝去，而是不斷積累、攀附、纏繞，非得定期排除，否則氾濫成災。

為要清除滿水，得勤於在紙上搖晃地傾倒，周而復始。每當這樣的時刻，再忙也要在凌亂的生活上清理出一面空曠，隨手拾來的紙片和筆，就是一座能容身的精神碉堡。

懸浮著雜質的水、染上濁色的水、摻雜異物的水、粗糙或氣味難聞的水。像是不得不為的奴僕，又像是刻苦練習的學徒，在無法拒絕不請自來的黏稠溼氣時，試著將偽裝成透明的惡意過濾掉，寫下自己的文字。

澄淨的水、甘甜的水、能映照出自己面容的靜止的水，是從生活中榨取出的解渴佳飲，我以文字餵養自己。每一回心智的勞動，每一行寫下的字句，是要證明那些不可見的氣息與光陰，真真實實存在過。

香港詩人西西一首饒富趣味的詩寫著，願作一具熱水爐，供人暖水，「如果冬天到了／我們這些熱水爐／要全部去幫忙／把冰凍融化」我則願做鈍笨的除溼機，在生活中悉心提煉，耐心沉澱，再化作文字。雖不過就是一臺除溼機，也能在晦暗的天空裡，涓滴出一杯透明的水。

# 這也是一個祕密

孩子自學校回來，從抽屜翻出毛巾，專注地又揉又捏起來，嘴裡還一邊唸唸有詞。後來經過孩子用簡單的辭彙說明，我們才知道原來他在玩捏麵糰的遊戲。至於嘴巴裡唸的是老師教的步驟：先把麵糰揉一揉，然後撒上有魔法的粉，麵包就會長得越來越大。等到麵包變成胖嘟嘟的模樣，就可以送進烤箱囉！

「有魔法的粉」，兩歲多的孩子十分肯定地說著。我一時之間沒會意過來，後來才想到原來是酵母粉。是啊，那真的是有魔法的粉，居然可以讓沉睡的麵糰醒過來，慢慢地伸懶腰，舒展開來，讓空氣充滿在孔隙之中，吃起來充滿鬆鬆軟軟的幸福感。孩子的世界也像麵包一樣，柔軟有彈性，所以可以包容與接納各式各樣的事物，也因此他們能夠單純地相信魔法。畢竟這世界有太多他們還不明白的物事，每件事都複雜而美妙得像祕密。

每天晚上睡前，我們會固定坐在床上一起唸故事書。近日來，孩子最著迷的繪本之一便是由兒童文學家潘人木翻譯的《愛蜜莉》（青林出版）。

這其實原本並非為孩子準備的書籍，而是我藏書中少數的繪本之一。書中的神祕女郎「愛蜜莉」，就是一生富有傳奇色彩的美國詩人愛蜜莉．狄金森。無意間接觸到這本書時，驚訝於在繪本題材中難得能見到以「詩」為主題。

該如何向孩子解釋什麼是詩呢？不只是向孩子說明起來恐怕有難度，就連向成人讀者介紹，都難免因個人的差異性而有隔閡，越說越迷糊。甚至連我都沒把握自己真懂得什麼是詩。

不過看了繪本《愛蜜莉》後，便會不知不覺想到，也許對事事懷有好奇心的孩子來說，理解詩是比較容易的。

繪本裡便是以一個孩童的眼光來觀察個性害羞，二十多年來隱居在家中的詩人愛蜜莉。在鄰里間，人們把她塑造成難以理解的怪鄰居，怪異程度與徐四金筆下的「夏先生」不相上下。對於「和自己不一樣」的人，安於舒適圈的人們習慣予以劃清界線，並加以排斥。然而排斥的背後，也許隱藏著的是羨慕、害怕的複雜心情：羨慕有人敢於做自己，害怕自己的價值觀被挑戰。

故事便從住在愛蜜莉家對面的小女孩收到一封匿名信開始。愛蜜莉捎來一封短籤，邀請女孩的母親到家裡演奏鋼琴。和信一起寄來的，還有一束乾燥的白色吊鐘花。整本書以白色為基調展開，愛蜜莉終生愛穿的白色衣裳，窗外靜靜下著的潔白霜雪，以及春天來臨時將被種下的白淨百合花。

而大概每個孩子都曾是《國王的新衣》中那名誠實無畏的小孩，所以他們敢於正視，並且提問。

我特別喜歡小女孩和父親的對話。她用簡單的問句便輕易提出人們心底的疑問，「你說，她會不會感到寂寞？」同時也點出人們不願特立獨行的原因——害怕孤單。

父親則回答，「……她也像我們一樣喜歡種花。聽說她還寫詩呢。」讀到這裡，我總是忍不住摟著孩子的肩膀告訴他們，只要能擁有自己喜歡做的事情，即使在沒有人陪伴時，也不會感到孤單。至於什麼是詩呢？父親是這樣回答，「你聽媽媽的琴聲。她這樣一遍又一遍的彈著同一首曲子，有時候會令人產生一種奇異的感覺，好像那音樂開始有了生命，使你全身震撼。你沒有法子解釋這種力量，真的，它是一個祕密。當文字也有這種力量的時候，我們就叫它是詩。」詩所包含的最大成分之一，便是無法言說的祕密。用孩子的語言來形容，就是魔法。

他們是如此坦然地接納包圍在四周的魔法，從不懷疑。

過了幾天，孩子在晚餐時提到，老師在課堂中介紹把米飯放在木臼裡搗一搗，就會變成黏乎乎的麻糬，亦如同施了神奇魔法。於是孩子用小手撿起桌上的飯粒捏了又捏，想找出藏在米粒裡的祕密。

不得不佩服老師的智慧。凡是提到魔法，孩子無不崇拜與遵從。

就連放學去到學校接孩子時，孩子都興奮地指著教室外走廊地上的白線告訴我，那條線有魔法，排隊時要走在上面。只見隔壁教室走出的孩子都迫不及待站在魔法線上，隊伍立時整齊有序，也能保護行進間的安全。

而《愛蜜莉》這本繪本不只將詩人神祕的面紗向孩子揭露，也把詩的定義從紙張向外延伸，擴大到生活所及的事事物物。父親在床邊為小女孩哼唱的搖籃曲是詩，母親反覆練習的琴聲是詩，琥珀色的雪莉酒好似愛蜜莉的眼睛，也是詩。還在沉睡的百合花球莖，因為蘊藏著生命的奧祕，即使還沒見到綻放出花朵，已然是一首詩。就好比故事中的小女孩與愛蜜莉在樓梯間短暫的相遇，愛蜜莉停下手中正在寫著的詩句，發出的讚嘆，「你才是詩呢。這只算是未完成的詩。」生命本身便是一首完整、富麗而莊嚴的詩。

還有什麼是像詩一樣的祕密魔法呢？

讀完繪本，睡意爬上孩子的眼皮，他們揉揉眼睛，想睡了。才一歲半的弟弟最近長得越來越快，猜想睡眠中也被施了魔法。而每晚入睡時，弟弟總要我的手觸碰到他的身體，即便只是一根手指頭也好，他才能安然睡著。有時候手痠，我悄悄把手移開換個姿勢，他立刻坐起來啞啞地抗議。原來我的手也有魔法。

故事尾聲，春天來到，剛種下的球莖正在泥土裡釋放積存已久的生命力。

愛蜜莉收下球莖禮物，作為交換，在她贈予小女孩的詩裡這樣寫道：

一個人在地上找不到天堂。
到天上去找也是白忙。
因為天使就住在我們的隔壁，
不論我們走到何方。

有時候我也會懷疑，詩是來自天上的禮物，就像無所不在的天堂，為我們的哀傷而嘆息，為我們的快樂而舞蹈，為我們深深感受到的奧祕發出讚美。所以，也許我們不必太執著於追究詩到底是什麼，因為它既是魔法，也是祕密。

# 腳跟

自從晚上睡前發現腳跟的皮膚乾燥得像菜瓜布，便經常不知不覺摩擦著。在等待躺在一旁的孩子睡著好偷偷爬起來做家事時，或是在鬧鐘響之前醒來，但為了不想讓全家人通通醒來而能夠繼續享受安靜的早晨時，在床上靜靜摩擦著腳跟。

這幾年為了保護腿足，更常穿襪子以便搭配適合走路的運動鞋。但那天晚上當腳底接觸到地墊時，一股陌生的摩擦所導致的阻力傳來，當下沒有多想，繼續陪孩子看書，好多天以後才發現貌似靜電的異樣觸感來自何處。

從小就有個毛病，越是不舒服之處越刻意碰觸，例如指甲邊緣翹起的硬皮、結痂的傷口、剛冒出來的痘痘，甚至不斷舔著剛補好的牙齒。所以只要獨自在家，一有機會坐下來，不管正在電腦前工作或餐桌前摘菜，就會像隻神經質的蒼蠅忍不住摩擦起來，好似為了檢查身體所發生的轉變。比起積極去擦點乳液保養一下，反而更無法自拔地進行著這項莫名的確認。

摩擦腳跟時，偶爾會想起曾看過其他的粗糙。童年時，家附近常去吃的那間麵攤由老闆娘和大女兒一起經營，她們一年到頭都穿拖鞋做事。大女兒蹲在騎樓牆邊的水龍頭下洗碗，裂開的腳跟裡是髒兮兮的汙垢勾勒出裂痕的線條，一路向上爬到青色血管浮起的雙腿，讓我不住地看了又看。而母親因家務而長繭的手掌溫熱地撫摸我的臉，有時則是牽著我的手，最喜歡的是她用手掌伸進衣服摩擦我的後背，讓人舒服得打起呵欠。這時候我才會想起除了腳跟，自己身上其他的部位也相繼又粗又暗沉。有如枯枝的手掌、大把掉落的頭髮、動不動就乾裂流血的嘴唇，等到想起來要貼ＯＫ繃時早已經結痂的傷口，脖子上的細紋是沒法摘下來的項鍊。

跟同事聊天時，對方突然一臉同情地問我，最近皮膚是不是比較乾燥？像是為了印證我的觀察並給予答案。因為這些發生是日積月累持續著，因此我直到那天才注意到。

不過我想一方面也是由於不在意。雖然注意到身體的變化，但眼前有太多事情等待完成，既然不痛不癢，轉眼間便擱置。就連煮飯時燙傷、刀傷也變得越來越沒辦法在意。沒有心力在意，這也是一種粗糙，粗糙得難以置信。放任某部分的自己枯萎、風化。

我卻安於這樣的放任。

和難得遇上的朋友見面，聊起青澀的十幾二十歲時，為了找到適合自己的樣子，經常推翻過去的信念，或是無端的執著，像是要和寄生在體內的妖怪鬥法，最後才發現妖怪才是真實的自己。比起那段鬥法的日子，我們都更喜歡現在這樣一點點的老去，一點點的粗糙。出門已經不帶鏡子梳子那種累贅物，連化妝都省了，隱形眼鏡也懶得戴，掛著鏡片模糊的眼鏡，甚至聊起老花眼鏡的話題。能坐下來相見就是珍貴，話題直接切入重點。

好嗎？痛嗎？快樂嗎？多少錢？多久？

安慰的話也少說了，只是點點頭，「我懂。那再點一塊蛋糕一起吃好了。」時間到了，各自趕回家去，都知道下次再見不知何時。我們欣然接受這樣的粗糙。沒事時，就各自努力。若有需要，一通電話人就到。沒有人會在手機前等著回訊息，但是沒有回覆不代表沒看見，也不代表不在乎，是這樣子的互相了解與體諒，所以一段對話有時會花上幾個禮拜才完成。看似不夠細膩，卻是最細心的對待。

我喜歡自己粗糙的腳後跟。被藏在襪子裡，藏在腳底，是一片葉子開始發黃最初的那一點跡象，是沒有人會發現的祕密，脆弱的起點與堅強的記號。

我輕輕摩擦地墊，確認那分私密的粗礪，像是摩娑著一隻叫做歲月的貓，牠發出呼嚕呼嚕的聲音。

# 得來不易的圍爐

過年是個大話題，裡頭藏了太多理不清的故事。有時候會感到驚訝，短短幾日的節慶居然能負載這麼多的傳統與忌諱、情感與恩怨，以至於相關的話題在年前就能引爆出灼人的火光，到年後仍餘燼未了。大概要到收假開工，甚至元宵時節吃下黏乎乎且甜膩膩的湯圓後，才能稍稍平息，直到下一回合的年節再起煙硝。

自從疫情爆發後，原以為只是偶一為之的寂靜年節，沒想到卻迎來第二年。以不得群聚為由，讓許多人連藉口都不必找，就能避開那些最親近也是最想逃避的人，逃離讓人窒息的關愛，偷來一段愜意的年假。

而年節最大戰場始終是餐桌。成也餐桌，敗也餐桌。

聖誕節檔期一過，各大商家陸續推出年菜預購，這是首波戰役。我也投身於其中，隨身帶著幾本年菜型錄，有空就拿出來研究、比價，仔細推敲圍爐成員的人數與組成分子，要如何兼顧婆家與娘家的口味。型錄上被我畫滿記號，最後終於選定菜色，又擔心熱門品項數量有限，還早早就下單預訂。

年前一週左右，菜市場是戰火最前線，一年到頭都不見蹤影的各類年菜、飾品、零嘴、乾貨攤商全冒出來，排滿鋪位，紅紅火火的趕熱鬧，搶生意。

另有一波戰火則在網路上延燒。年夜飯到底要在誰家吃？誰來煮？乃至誰來洗碗，都是大學問，考驗著古老傳統與新型態家庭的接合度。能坐在一塊兒圍爐的，不一定代表真正的親疏；吃進嘴裡的，未必合每個人的口味；說出口的，也不是句句都中聽。一頓飯吃下來，暗潮洶湧，好比過於油膩的菜餚，在胃囊裡引起消化不適，又在心裡頭琢磨好久，留下日後關係的餘毒。

有時候我會想，是否每個人心中都有一個理想的過年樣貌，所以每逢團圓時分便下意識依此為準則，衡量幸福程度。因為為了團聚，有人舟車勞頓前來，有人犧牲和所愛之人相處的時光前來，有人勞苦地張羅一桌佳餚，有人盼了一整個年頭終於盼到見面的時刻，有人是身不由己或滿腹委屈無處伸冤，於是都戰戰兢兢、滿心期待又怕受傷害。在這當中最無拘無束，不被感情包袱挾制的，就屬孩子了。在他們眼裡過年是放假、美食、紅包等一連串開心花樣兒的結合，連平日嘮叨管束的大人都放鬆了規矩，只因為「過年嘛」。因此常聽到旁人說起過年，總是這樣開頭的「小時候過年……」，彷彿童年的過年回憶最是完美，歷久不衰。只是童年飛逝，再不能繼續做不懂事的孩子，所以後來的年節似乎都褪了色彩，失了味道。

除夕倒數幾天，戰火正式引爆。我和婆婆前一週就先商討如何應戰，分批採買食材，安置在兩處冰箱，再以車輪戰的方式運輸食物，撐到初四菜市場開市。考量到早餐店這幾日恐怕不營業，孩子年幼上餐廳坐不住，三餐加總起來的食材囤積就成了重要的勞動與智力戰。容易腐爛的葉菜類要在前幾天先消耗完，再來是易存放的蔬菜，肉類則是先凍起來再做打算，分量和營養要兼具。此外，大家愛吃的菜、討喜的菜、吉祥的菜都要有，才有年味。大概是因為我曾度過極其冷清的年節，也曾見過走味的年節，厭惡被購物充斥而更教人心生空虛的年節，且懷念童年時的熱鬧年節，在我能主持餐桌後，便想要把錯過的味道一一尋回，好替他人日後的懷念增添一些溫暖。其實年夜飯好不好吃還在其次，而是總要有人堅持住團圓餐桌上儀式性的重複，在眾人的記憶裡形成一道不可取代的痕跡。有時候還得有一點任性，不管旁人的褒或貶，一股傻勁兒地做，且要承擔重複之惡與守舊的罵名。

因此在我家的年夜飯餐桌上，有了一圈硬幣圍著中央的湯鍋，宗教上或習俗上的意義已不可考，單純是Y的外祖父從前是這麼做的。他外祖父幾年前在兒孫圍繞下，於年假期間在家中安詳逝世。幾年間，曾位處於繁華地段的老家已人去樓空，和那條街道一塊兒蕭條下去。偶然間聽Y說起這個兒時的習俗後，便記在心裡，想著要在餐桌重現，也讓婆婆能夠藉此思念她的父親。我們把錢包裡的零錢都湊齊，用肥皂泡洗乾淨，擺成一個圓，把南部老家的習慣硬是維持下來，至於其中的含義就讓大家去猜想吧。

除夕早上是菜市場最後一天營業，趕著七點多去買，菜架上已經空了一排，不過幸好買到最後一把菠菜，這就夠做長年菜了。這些都是沒道理的。我做剪紙布置，從第一頓在我家圍爐的鼠年開始，希望能年年這樣做下去，不知道能維持幾個十二年，也算是我的另一種任性。

初二那日我們還包水餃，只因為從小到大父親總在這天安排家族一齊圍在桌邊，擺上幾盆拌好的餡料，大家一邊動手捏著麵皮一邊聊天。我們從有記憶以來就跟著學，一開始都是包出奇形怪狀的餃子，下鍋後還肚破腸流，只剩下破爛的水餃皮被撈起，一肚子餡料都沉在鍋底，只好煮成我們都不愛喝的餃子湯。慢慢地越來越能夠掌握形狀、大小，也能包得扎實不易破。至於為什麼是初二，一樣是沒根據的。我猜想，大概是父親從小年夜開始準備的菜餚都吃盡，一餐準備家族二十幾口的吃食到初二這日也累了，正好讓大家動手幫忙，減輕繁重的備餐工作。不過後來想起過年的種種，和堂兄弟姊妹圍在廚房包水餃竟也成了重要的一景。雙手忙活兒的同時，嘴上一邊閒聊，或者聽叔叔姑姑說起我們未來得及識得的從前，一些情感便被寫入大夥兒的心底。所以今年和姊姊一起準備切高麗菜絲拌絞肉時，我們都分外慎重與感嘆自從母親走了，維持三十多年團聚的慣例驟然結束，堂兄弟姊妹各自忙於工作、家庭，好幾年沒聯繫。

將滿四歲的大兒子把水餃皮揉捏拉扯，包出一坨麵團怪物，把一旁的表妹氣得跳腳，直嚷著要他收手。兩歲的小兒子包出飛碟狀水餃，皮多肉少，更像是肉餅，只有公公捧場，連聲誇好，硬吃下肚裡。孩子猶似代替我們回到孩童時光，又過了一次無理取鬧、無法無天的年節。

想起年前叔叔來電話，才知道過去大半年的時間他都在鬼門關上來回，醫生不抱希望地動了緊急手術，用風中殘燭形容真是不為過，好不容易熬到出院回到家裡靜養，身上掉了好幾斤的肉。疾病讓人堅強，也讓人脆弱，所以容易思及過往，同時又感到時間的催促，於是他們幾十年沒聚首的六兄弟姊妹想趕在新舊年歲交接的時刻團聚。說是趕，其實是趕不得，也沒辦法趕。步入中年後的人生，即便是手足都有可能走上截然不同的道路，加之空間與時間的距離相乘效應，像六支往外射出的箭，飛向各自的天空，迎向各自的墜落。我曾經以為，想要見到就能見到，到如今才知道人世間的緣分，一旦分開，就只能等待再聚首的機緣。而我們所能努力的，只是維持心中的良善與期待，預備著那日的到來。

我替父親預約好復康巴士，和叔叔敲定日期，心中還是有些不安，但已無法再做更多，只能等候。果然，聚會因疫情再度擴大的緣故被迫取消。叔叔又來電幾次，交代我要早日把這件事辦成，他們的日子都不多了。我知道這是實情，在電話另一頭不知如何答話。叔叔雖將這件難事託付，其實我們都知道不是任何一人能操控結果，這是在能夠努力的範疇之外。

自疫情以來，世界變了。變化的細節像柔軟的觸角，無聲地伸向我們，讓我們慢慢習慣這些改變。習慣不要擁抱，少接觸，保持社交距離。習慣透過社交軟體問候，用視訊代替真實的相聚，用貼圖代替有溫度的微笑。這些現象會成為時代短暫的現象，還是永久性的改變呢？

多希望有些事情永遠不變啊！

初五，姊姊一家回去了，囤積的食材也差不多吃完。婆婆問我，過年這幾日會不會太累？我才驚詫地發覺，原來我不介意前前後後加起來的勞務，所以也不覺得累。因為採買、煮飯、聯繫等雜事置辦起來，都屬能夠努力的範圍，與庸庸碌碌人生中眾多努力再多也是徒勞的事情比起來，能在這些事上添心力是快樂且踏實的。

從坐著張嘴吃喝外加伸手領紅包的孩童時期，到這幾年開始練習操辦一桌菜餚，無數的年歲過去。慢慢地，有些看懂別人做的努力。雖然有時候這些好意是這樣地錯過彼此，或是成為刀劍誤傷彼此，又有時候殘酷地被人訕笑，但它們最初的樣貌都是來自於善意。也慢慢地，成了小心翼翼的膽小鬼。害怕說錯話，怕誤會，玩笑就開得更小心了。因為有太多次不小心讓關係產生裂痕，領教過每一份關係的修復得來不易，所以寧可自己懦弱。

更慢地，花了四十年才搞懂，要找到藉口不見面很容易，隨便一個荒唐的理由就能逃避，一場讓全世界都措手不及的疾病就能當作冷漠的掩護，年復一年很容易就能麻木。因此一年一次的圍爐，我們能在這個重要的時刻圍坐在一起吃飯，其實是非常非常不容易。

# 玩具

香港作家西西的詩作向來以充滿童趣教人驚喜，她的文字有股一眼就讓人認出的魔力。不知道是否因為她始終保有孩童般珍貴的眼光與心性，在寫作之餘，花了不少時間「玩玩具」。除了收藏有趣、雅致的小玩具，她還親手縫製無數泰迪熊，為這些熊寶貝們打扮造型。而她的創作所賦有的敏銳眼光就藏在頑童般的文字下，寫下無數經典作品。

和她相比，我是個俗不可耐的成年人，未能好好保有童心，唯一堪稱可取是始終沉迷動手做的樂趣。不論是一件裝飾品、一齣舞臺劇、一桌菜，或是一首詩，從無到有，一直以來是我所享受的創作過程。每當腦中浮現新的點子時，周圍瞬間被照亮，整個人興奮不已地想要立刻投入。

曾經在一次受訪時被問到，生孩子前後的我有什麼不同？

「並不會有所不同，反而在原本個性中擁有的特質會被放大。」當時這麼回答。

喜歡用雙手做東西的特質，就在生完孩子後被放大再放大。去公園沙坑時，忍不住跟孩子搶工具，還一邊喊著，「這邊是我的位置，你們不要過來！」然後拚命堆出一隻恐龍或一座城堡。

原本我們就是不會特別買玩具的家庭，已經有的都是熟人家裡淘汰的二手玩具，再加上長輩忍不住買的。實際上，從孩子生出來到現在，快五年的時間裡，我們還真沒買過所謂的玩具。

所需要的玩具，我們都用做的。

除了每天製造晚餐，廚房角落是我的玩具工廠，蹲在地上把紙箱紙盒七拼八湊，再加上蠟筆塗色，做出成套的生鮮超市玩具食材、冰箱、微波爐、瓦斯爐、鋼琴、車子和房子等。也用紙卡剪出圖案，用紙板做成舞臺，關上燈演影子戲。

自製玩具的特色是款式無法事先得知，尺寸端賴那陣子家裡的回收物品決定，交貨時間則是等到素材收集完整時才能動工。希望能把「需要的東西想辦法動手做出來」的快樂傳遞給孩子。

從一開始，每件玩具都由我從頭製作，孩子在旁邊吵著要各種細節、指定功能，偶爾幫忙上點顏色或簡單黏貼，不多久他們學會跟著一起動手。孩子迷上日本繪者岩村和朗的經典作品「十四隻老鼠」系列繪本時，我們用大小不同的紙盒搭建出小老鼠在大樹根裡的家。

又大概從這半年開始，突然發現自己慢慢被孩子「淘汰」。他們多半自己想辦法動手做，甚至不希望大人出手干涉，只有在嘗試了很多次還是失敗的環節上，才會氣急敗壞哭著來求援。哥哥帶著弟弟，兩人又撕又貼，即時做出需要的玩具／工具／角色。弟弟不會的，就交給哥哥。「沒問題，小事。」這是四歲半的哥哥掛在嘴邊的口頭禪。

當看了繪本《好無聊喔！》，簡直是在兄弟倆心中投下震撼彈。繪本裡是一對兄弟，因為無聊，所以異想天開用家裡的床單、窗戶、椅子、花盆等所有垂手可得的物品造了一架飛機，還真飛上天了！看完書後，兩人連飯都顧不上吃，忙著把能用上的材料翻出來堆在客廳地板上。

紙、膠帶、剪刀、膠水，有時候還有雙面膠。與其說要做玩具，不如說要展開一項工程，因為對孩子來說，這絕非遊戲，而是認真看待的事情。做出城堡的守衛、怪物、一頂帽子，或是一整套的裝束（雖然穿脫的時候容易撕破），母親節時則做出一束花。

或者單純玩膠帶，利用牆壁和家具，像蜘蛛織網子黏貼出一座立體空間、一個陷阱、一條通道。

在不買玩具的家裡，倒是非常樂意買「工具」，例如可以盡情使用的膠帶和紙張素材。孩子也學會偷偷潛入廚房，檢查回收垃圾箱裡有什麼可用材料，或是趁著正要拿去丟掉時，即時從我手中搶走餅乾盒。

語言也是一種玩具。語言和玩具都不該只有單一玩法或形狀。

當孩子口中迸出第一個字起，每個字都是一塊小積木，可以組合、搭建、連結、變形。組裝成功時，他們在大人臉上看到笑容，不按規則組裝時，則會帶來意外的效果。因為還沒完全認識所有的詞，好像沒有組裝失敗這種概念在他們的大腦裡。就算發明出一個可以發出怪聲音的詞，不管有沒有辦法連結到具體意義，光看到我臉上困惑的表情，他們都可以開心得笑倒在地上。

所以很自然地，我寫起了童詩。因為真的太好笑了，那些千奇百怪的想法不時在談話間跳出來，把我們逗樂。也有的時候只是孩子一閃而過的一句話，卻好像掀起隱藏宇宙奧祕帷幕的一角，讓人發現原來後面還有如此多的新奇事物兀自發光。於是換成我偷偷潛入孩子的腦袋，把他們隨手拋出來的想法撿起來，一一切割、打磨，雕塑成詩的樣子。或者在他們丟出一個發亮的句子時，迫不及待地問，「接下來呢？」

有一段時間裡，放學回家的路上，「媽媽今天又寫了一首詩，想聽嗎？」吃飽飯後，我拿出筆記本或手機，唸著剛出爐的文字，成為母子間的心靈時刻。

文字在我的寡淡人生中，雖沒有帶來驚天動地的影響力，可也確實不離不棄陪伴在身邊。沒有文字不會死，但有文字，會活得比較不孤單。這是我至今以來積存的人生經驗之一。

至於到底利用什麼時間寫詩呢？身為職業婦女，這大概是我出版童詩集後最常被問的問題。

跟視錢如命的人相比，有兩個孩子之後，時間真的比錢還寶貴。而這些比真金白銀還貴重的時間卻常常要用來和孩子耗，特別是他們睡不著的時候，像兩條剛被拖上岸的魚，躺在床上活蹦亂跳，奮力掙扎。放寒暑假的時候，還得加上午睡，大把大把的時間都陪在床上睡。

陪睡時雖然肉身是不自由的，但幸好可以鑽進大腦廣袤的世界裡，再沒有比這時候更好的寫作時間了。不管孩子怎麼吵鬧，我只是靜靜躺著裝睡，揮動無形的筆一行行修改詩句。等孩子終於入睡，再悄悄翻下床，在紙上記下。

每為孩子寫下一首童詩，彷彿為每個階段的我們增添一筆紀錄。我知道，現在這些詩句陪伴著孩子成長，等到孩子真的長大到必須遠去時，這些文字所負載的溫度則會在往後的日子裡溫暖我們。

而如果把時光往前挪移探照，在童年零碎的印象中，家裡只有一桶玩具。從桶子到玩具都是不成套的，且零件缺損得很嚴重，因此得運用想像力來達成遊戲。不只是玩具如此，家裡童書也為數不多，甚至從來沒去過圖書館。但我始終記得在現已不存在的家中二樓，每天下午陽光明亮地浸透整個房間，我獨自玩著千篇一律的拼圖，心裡感到無比滿足，讀著少數幾本故事書，從來不感到厭倦，反而因為能準確掌握每一頁而驕傲快樂。在沒有人教導的情況下，因為缺乏，本能地學會自己動手做。到現在都還記得全神貫注在手邊事物時帶來身心的愉悅，雖然年幼時還不懂靈魂這個詞，但想必那樣的時刻靈魂也是透明而燦亮，那時候的我一定是從上天那裡得到某種不得了的禮物，在不知不覺間收下了。如果能把這個禮物也送給孩子該有多好啊。另一方面也想著，上天肯定也準備了適合他們的禮物在特殊的時刻交給他們吧。

不過既然孩子目前還沒抗議，就繼續過著動手做的生活。從每天的餐點、放假想吃的餅乾，到想玩的玩具和想讀的詩，都自己動手試試看。說也奇怪，孩子也養成修理物品的觀念。玩具壞掉時，他們會一修再修，最後反而是我拜託他們別再修下去，再不就得趁他們不注意時偷偷丟掉。褲子破掉，也要一縫再縫，不肯換新的。還曾經用便利商店的紙杯套做一只手錶給孩子，玩了一年多，手錶已經破得沒辦法再修補，臨到丟掉時，孩子對手錶說了謝謝與再見，然後抱著爸爸狠狠哭一場。因為是親手做的，所以更加珍惜。

詩與玩具都是為了有趣而存在的，我在孩子身上觀察到這些。

詩與玩具也是為了陪伴而存在的，我在孩子身上再次深刻體悟到這些。

在漫長的成長歲月中，詩與玩具將漸漸地轉化成其他形式，但是對曾經體會到的樂趣與陪伴是不會改變的，並且本能地將持續尋找這樣的存在。

只是最近他們生產的玩具越來越多，玩具區像山洪暴發一樣滿出來，反而變成我的另一個煩惱。

# 麥當勞

麥當勞這詞兒一出，就伴隨一籮筐的爭議，其中最常被指責的包括高溫油炸食物對健康的威脅，跨國財團的利益搜刮等。但偏偏麥當勞在我們家心中，享有高度評價。

梁實秋在《雅舍談吃》中也寫到麥當勞，把漢堡形容為「牛肉餅夾圓麵包」，價格便宜，但是填不飽肚子。後來梁老再到美國去久住，對麥當勞卻生了幾分好感，然而當地人是萬不得已不會踏入的，這點後來我也聽說過，到現在依舊如此。梁老給麥當勞打個好分數的原因是「清潔、廉價、現做現賣。新鮮滾熱，而且簡便可口。」這點看法和我不謀而合。「看看街邊炸油條打燒餅的師傅，他的裝束，他的渾身上下，他的一切設備，誰敢去光顧！」我固然愛吃燒餅油條配豆漿，市區幾家傳統早餐店由年輕一代接班後已然進化，全然地整潔多了，但一些老字號的店鋪，地板簡直是抹了一層膠，會黏鞋子，油鍋裡黑得像一汪墨汁，店內又熱又悶，吃完後全身上下滾了一身油氣，卻偏偏經常是老字號的才好吃。這真讓人為難。

和傳統早餐店對戰的就屬街頭林立的西式早餐店，那真是臺灣奇景，光蛋餅吃法就這麼多，漢堡吐司可頌的夾料選擇琳瑯滿目，還有蘿蔔糕薯條地瓜球熱狗類的小點，每個店老闆身後都立著一幅巨型菜單，寫得密密麻麻。不過青菜蘿蔔各有所愛，客人一踏進店裡就直接報上品名，大冰紅中溫奶等簡稱也是臺灣在地才懂的暗號。我家偶爾會去吃，不過若說起漢堡薯條，還是選麥當勞。因為早餐店的變化雖多，品質不一定好，油也不一定乾淨，吃了滿嘴滿手油燥，麥當勞吃起來相對清爽俐落。且賭上這種大公司多半不敢黑心，總覺得比路上隨便一家早餐店的食材有把握多了。

與麥當勞雷同的速食店，吃來吃去都不合口味，選來選去最後還是麥當勞。曾被人問過懷孕時怎麼養胎的，孩子生下來就壯，我想了一下說，每週吃一份麥當勞，對方聽得瞠目結舌，直說我身體好。大概意思是我亂吃一通也算養胎，真是見鬼了。那大概是我一生中吃得最密集的時候，平常是沒這樣無節制的，都說懷孕口味會隨胎兒改變嘛。

好吃的東西不能常吃，要過一陣子才吃，重要時刻才吃，逼不得已才吃，才會更顯其美味。家裡忙的時候，我會事先滷一鍋肉，燙一盤菜，白飯在電鍋裡候著，或煮一鍋有菜有肉的炊飯，能快速打發一頓。但忙到連這樣都沒辦法煮的時候，一聲令下，「訂麥當勞！」Y和小孩立刻歡呼，氣氛可不輸給開派對。跟講究飲食的家庭比起來，我主張的理論是，小孩子不能全然不給吃垃圾食物，否則長大會毫無控制地吃，不如小時候就讓他們吃，吃慣了就沒什麼稀奇。想到小時候我家裡，一放學就去買洋芋片糖果吃，母親每天掏錢讓我們買珍珠奶茶，母女三人趁父親不在家又吸又喝，嚼得嘖嘖響。星期天放假，就看整天電視，真的是看到眼都花了。長大後，我對零食和電視反而沒特別喜愛，「不就那樣子」提不起勁兒，二十多年來家裡都沒電視機，鮮少吃零食。

我也不是起初就愛麥當勞這味道的。

記得那時年紀很小，大約是過年時節跟著大人搭客運到臺北玩，一下車，沒見過這麼冷的天和這麼下的陰雨，冷得脖子都不知道往哪裡縮。親戚帶我們去吃剛時興的麥當勞，薯條嚐了幾口，就不願意再吃了。吃不出滋味，只覺得放在嘴裡又軟又沙，漢堡更是吃不懂。

上國小時，高雄澄清湖旁邊開了一間麥當勞，不知道是不是第一家往南開的分店，在我心目中卻等同歷史性的一刻。風光開幕那天，父親頂著太陽騎偉士牌摩托車載著咱姊妹倆前往，裡面滿滿當當都是人，比紙盒裡的薯條還擠。最後到底吃了什麼忘了，不過以父親節儉的性子，應該頂多點一包薯條合吃。總之店裡給每個小孩子都發了禮物，是一個校車造型的筆袋，奶昔大哥、大鳥姊姊、漢堡神偷和麥當勞叔叔都坐在上面，打開來還有鉛筆兩枝，印著彎彎的M圖案，擺好多年都捨不得用。到現在路過那間閒置的建築物，我們都還會提起那一天。

直到過幾年分店開得多了，其他速食店陸續登臺，大家飲食習慣也稍微適應，年輕學生又流行起結伴到麥當勞這類的地方念書。點一杯汽水，坐一整天，餓了，再點盒雞塊跟同學分著吃。到這時候，還不算常吃，因為一份餐的價錢比便當貴多了，又能抵上好幾碗乾麵呢！

等到來臺北工作，不知道哪一年開始，漸漸向麥當勞靠攏。這幾年和高雄來的朋友聊起，才赫然發現，隨著物價飛漲，住在北部的一頓正經餐食買下來不少錢，相比之下麥當勞反而算便宜的。只是從前為了招攬孩子目光的卡通角色已悄悄絕跡，連坐在店門口開著一張大紅嘴巴笑的麥當勞叔叔也少見了。從前鮮豔的招牌，現在換成黑色調的視覺，店內久坐的學生族群少了很多，取而代之的是年長者，真實反映城市風景的更迭。

想到以前兒童餐能得到一個屋子形狀的小提盒，餐點和玩具都裝在裡頭，現在也省略了。還記得童年時多羨慕能在麥當勞辦生日派對的孩子啊！

如果要說麥當勞最吸引我的，餐食倒是其次，我最最喜愛的是能駕車購買的「得來速」服務。要是知道哪裡有得來速，就非去繞一圈不可，就算只買杯汽水也好。從一個對講機點餐（多神祕啊），再到下個窗子付錢，往下轉到最後一個窗子取餐，像連闖三關，太神奇啦！獎品是熱騰騰的食物，一拿進車裡，香得逼死人，立刻就伸手抓來吃，滿車子歡樂。

買新車那會兒，交車當天真是夢想成真，我牽著父親坐上後座，大手一揮，命Y即刻開往得來速。顧不上新車整潔，我和父親在後座吃著香脆的薯條，大口喝著冰塊汽水，感到富裕極了，那是最幸福的美夢之一。

新冠肺炎疫情頭兩年，孩子還沒辦法打疫苗，逢假日到公園玩完，就為了吃飯發愁。趕回家吃的話，孩子上車就已經餓得哭鬧。進店內用餐，又不放心。權宜之計就是在車上吃，但是要找到適合兩三歲孩子拿著吃，不怕打翻，他們又樂意吃的食物，總不能每次都買三明治和壽司，想了老半天，最後開往得來速。一人發一包薯條，車上立刻靜下來。小兒子最會享受，一條一條慢慢吃，邊看窗外風景，神情和父親當年一模一樣，威風得像國王出巡。

# 練習

總是在早上經過那條巷子，聽到對面社區二樓陽臺傳來練習的樂音。

會注意到是在早上，因為曲子是耳熟能詳的短曲，兒歌似的，右手笨拙地踩著旋律的步伐，左手雖然亦步亦趨跟著，還是會踩錯幾步，既像兩個剛學走路的孩子在冒險，又像兩個童心不減的老人搖晃踩著腳步。猜想這樣的練習狀況應該是學童，可是孩子這時候該在學校裡。若是一位初學的成人，是什麼樣的情況讓他在許多個早晨反覆練著？

老實說，琴藝幾乎沒有進步，錯的音還是錯，像是演出事先安排好的固定橋段。

每隔一段時間，在幾乎忘記這位神祕的鄰人時，又會出其不意傳來樂音。通常是豔陽下雙手拎著沉甸甸的果菜，彷彿為我狼狽的模樣彈奏出最好的註解，這時又不得不佩服那幾個滑稽錯音的恰到好處。

也有的時候是正要出門工作，待完成的計畫被寫在筆記本新的一頁，仍在醞釀更多可能性，被賦予期待地放在手提袋裡。他的樂音輕快地為嶄新的一天揭開序幕，提醒著我，新的事物並非全新，而是建立在昔日裡不懈地練習之上。

搭車時想起最近看的一部冷門電影，是由克林．伊斯威特執導的劇情片《生死接觸》（*Hereafter*）。片中麥特．戴蒙飾演靈媒喬治（光看到這個人物設定就覺得一定是哪裡搞錯了），好險這不是主打怪力亂神的劇本，而是包裝在通靈、瀕死經驗、失去至親之下，描寫因為特殊的體質與體驗，讓人從悲傷中學會洞察生命的故事。

或許能夠洞察生命，就是一種特異功能。

導演在處理通靈場景時相當節制，沒有氣氛詭譎的音樂與毛骨悚然的運鏡，好讓故事的核心更清晰顯露出來。靈媒喬治只要捲起袖子握著對方的手不出三秒鐘，就可與靈界接上線，比打電話還快。而當他轉述亡者訊息時，也只不過像是在替人轉達電話內容一樣。這樣說也許有點奇怪，但確實散發屬於家常的平淡，卻無礙於在委託者的心中捲起情緒的風暴，悲傷或懊悔都能自然地擴散開來。

夜晚，喬治則聽著朗讀狄更斯小說的聲音專輯，藉此壓過內在無法控制的音量，渴望尋求內心的一絲平靜。

後來，喬治在留給哥哥的信上寫到，能夠通靈對他來說不是天賦，而是詛咒，與其用這份能力幫助別人，他更應該先幫助自己找回人生。而那些執著於過去，留戀與亡者之間的情感，無法順利踏出步伐往前，因此找上門來尋求通靈的人們，不也該如此嗎？

能夠找到自身的天賦、擁有獨特的能力是人人夢寐以求的。但我常看到許多人熱衷地投入明知不會成功的事情中，像個孩子一樣失敗並重頭來過，雖然最後仍一敗塗地，卻笑得像是全世界最富足的人。

也曾見過許多人擁有光芒耀眼的天分，在我心中可比特異功能，他們選擇放下寶石般的天賦，甘願回到最初無知的狀態，重新尋找，即使連要尋找什麼都不知道。有時候他們只是花好幾個月的時間學習跳一支永遠跟不上拍子的舞，卻笨拙得讓人由衷羨慕。從他們身上，我看到人們對事物的熟稔與陌生，同樣都能帶來樂趣。

因而我喜歡在巷子裡遇見那支曲子，它的錯誤連篇與堅持不懈總提醒著我，懂得生活就是一種天賦，和成功與否無關。

# 新生

手機裡存著一組號碼。每回這組號碼打來，都會心頭一緊，深呼吸後才敢接起。

那是父親所居住的照護機構的電話號碼。

若是缺尿布、看護墊、衛生紙，照服員會用Line傳清單給家屬。又若是零用金不足，須繳洗衣費等事項，也用Line通知。

只有一個時候會打電話。

一次是我跟朋友聚會完，正前往搭捷運的路上。好幾次是過了傍晚，正在收拾餐桌。

掛上電話後，首先確認孩子有沒有人接送照顧，其次是打包在醫院過夜的物品。從家裡到醫院的路有段距離，計程車跳錶要五百多元，上環河道路會快一點抵達。我看過無數次這趟路程的風景，密集的住宅高樓退去後，會有超脫現實的高架橋彼此穿越，另一邊則是緜長的河堤。路上，打電話確認家裡、通知姊姊，若確定要住院，得趕快臨時找到看護。

手機裡還存了好幾組號碼，都是曾找過的看護仲介。

仲介操臺語，說話很直，「幾歲？什麼病？會兇嗎？體重？屁股有爛嗎？」我懂他們的意思。體重太重，不好翻身，要找力氣大的。會打人的，不敢接。屁股爛了，代表長期臥床，傷口要護理。

這是我第一次在計程車上哭。剛才電話那頭說，陽性。

這回不用在醫院過夜，不用找看護，下救護車直接送進只有醫護人員能進出的隔離病房。我和其他家屬依照指示，在門口等醫生出來說明。那扇門原是通往餐廳的捷徑，我來過這裡太多次，已經熟門熟路。現在為了因應一波波疫情大規模增加的病患，醫院動線重新規劃。

排在我前面的家屬極力爭取讓發燒的長輩住院，醫生委婉說明住院條件的嚴格控管，簡單說來，就是得夠危急才能住院。我站在醫生背後偷看她手上的夾板，確定父親的名字在上面。

已經很久沒見到父親。

從疫情開始後，相見越來越難。為了避免具有慢性病的年長者群聚，父親住的機構依照衛福部規定，滾動式修正探訪條件。上次疫情升溫時，隔了好幾個月終於恢復正常探視，我們照慣例帶父親到公園散步，好險他什麼都不知道，什麼都不記得，也好險他還記得我們。本以為大家終於熬過最難的一關，接下來只要乖乖戴口罩勤洗手、按時接種疫苗，應該就沒事了。沒想到病毒變種，再次造成一波封鎖。

看不到父親，有時候我會打電話給姊姊開玩笑說，「要見上一面真難，爸爸好像坐牢被關……」但刑期有期，疫情卻無期，除了耐心等待與盡可能維持正常生活，別無他法。

每晚熄燈後，一家人做睡前禱告，祈求父親的心不感到孤單以及見面的日子快快到來。只要閉上眼睛，眼前就會浮現父親在等待我們的模樣。

這一次等了十個月。彷彿心上懷著胎兒，靠著想像度過漫長且焦急的等候。

透過隔離急診室的玻璃窗看著父親躺在床上，他雙眼眨巴眨巴望著天花板，手背上插著針管，雙手被綁上形如乒乓球拍的約束手套。單純地宛如剛誕生的嬰孩。我舉起手機像隔著月子中心玻璃窗一樣拍下父親的模樣，可惜他聽不見我，否則他知道我在旁邊，肯定會開心。

視。

父親當晚轉入專責病房，此後只能透過電話了解病況，更加嚴格禁止探

不知何故，電話幾乎都在深夜響起。每晚睡前確認手機電力、音量，放在餐桌上，留一盞燈，以便任何時候都能最快接到電話。

每一通電話都很困難，雖能體會醫生的耐心講解以及語帶保留的原因，不過每個抉擇的背後都有更多抉擇和沉重的複雜未來。

「有考慮洗腎嗎？」後來變成「現階段洗腎可能也有風險……」

「願意接受壓胸、電擊的急救嗎？」後來變成「那插管呢？」

前往簽署洗腎同意書時，事先在手機錄下要對父親說的話，我拜託醫生把手機帶進去播放，但醫生說手機進到病房就不能再拿出來，容他們討論一下。過了很久，護理師出來，他們想出用護理站廣播系統播放的方式。把手機遞過去後，護理師還貼心提醒我離病房門口越遠越好。退到警戒線後面，過一會

兒，聽到厚重的門板後面依稀傳來我的聲音，聽到那個聲音播放了兩三次，但沒辦法確定，時間感已經喪失。且後來只聽見空蕩蕩的走廊竟會將我蹲在角落的哭聲放大得如此響亮。

半夜，醫生又來電。那時候新冠肺炎的療程已完成，檢驗結果為陰性，醫生原有意讓父親轉普通病房，並且在只能有一人陪病的院規下，破例讓我們姊妹倆都進病房。

半夜通知姊姊後，兩人就沒再睡，各自著手安排孩子隔天的照顧，打開電腦一一回覆信件，也把工作進度再往前推一些。半夜三點多，姊姊提醒該吃點東西，到醫院大概沒辦法脫口罩進食，要預先儲存體力，所以煮了泡麵。

兩個年過四十的女兒，在七年前還不知所措地面對母親的驟逝，如今居然鎮定地洗衣服、摺衣服、準備食物、在電腦前工作著，以防萬一之後有更多變故。姊姊出門前還澆花，才搭上第一班高鐵。

而在三十年前，被大人帶到祖母臥床的療養院的記憶猶存。祖母因為心導管手術失去意識，憑藉機器維持半年多的生命才離去。葬禮在學校運動會那天舉行，那是我有生以來唯一一次缺席學校活動。

除了不願意看到父親也受到那樣的磨難，更因為對父親的理解。我們太清楚他會在抉擇的時候說出什麼樣的回答，帶著什麼樣的表情，以及在同住時便和他幾次討論過，所以儘管疾病發生突然，我們的理智和情感都希望能尊重父親到最後一刻。也由於彼此的信任而深知，只要是女兒做的決定，父親肯定欣然接受。

和姊姊在醫院大廳會合後，前往專責病房大樓等待父親轉出。已經數不清是第幾次聽醫生說明，再度回到大廳等待，才短短幾分鐘，醫生來電通知已經不宜轉出，請我們先回家，「等到最後時，再去懷遠堂處理就好。」我聽不懂這是什麼意思，懷遠堂是什麼，然後突然間我又懂了。「拜託請跟我爸爸說，兩個女兒都來了。」我聲音顫抖地說。

姊妹倆坐上計程車討論要準備哪些衣物，一大早該去哪裡打點，最後一刻總得把父親打扮得帥氣些。

車停，上樓，還沒開門，電話又響起。父親聽見女兒都到了以後，跳動七十七年的心臟緩緩停歇。醫生說不用帶衣服過來，那又是什麼意思，太多我聽不懂的話。

後來才知道由於父親最後在專責病房內離世，大體按照流程須裝裹在兩層袋內便不能再打開，經由專屬通道直接送往負壓房，並且在二十四小時內火化。不過父親是不會在意這種事的人，如果是母親的話就不同了。

也不能看看他嗎？姊姊不甘心地問。

除了護理師幫忙播放錄音時，透過監視畫面拍下的父親照片存在手機裡，這十天內都沒見上一面。父親的模樣相當辛苦，特別是護理師轉達，他聽到廣播放送我的聲音時，無力的身體做出了反應。我們都很慶幸他不用再為我們辛苦下去。從母親走了以後，留下來的每一天，都是出於他對女兒的愛。在姊妹倆分別於南北兩地奮鬥時，想到一直都在的父親，便感到可靠的避風港始終敞開雙臂等我們返航。

走上懷遠堂的路旁，盛開的紫色牽牛花美麗得讓人駐足，是個好日子。簽完所有的表格、批價，手機裡傳來剛出爐的每日疫病分析數據，統計結果對我們而言不再只是冷冰冰的數字。最後，久未闔眼的姊姊和我居然戴著口罩趴在美食街桌上睡著，電話終於不會再響了。

而我心目中留下父親最後的身影，是急診那日，宛如新生兒模樣的我的父親。

# 無用功

眼淚是沒辦法控制的，想哭的時候止不住，哭不出來時沒辦法勉強。從醫生宣告父親過世後，我就沒再哭過。

本以為是太累了，但休息完之後，還是沒流過半滴眼淚。七年前也是這樣。母親的心跳停止後，我的大腦隨即切換到另外一個狀態，扛起家裡所有的事情，一絲不苟的調度資源，更不提當時我在腳骨折拄著拐杖的狀況下照料已有失智症狀的父親，以及舉辦完告別式。裹著石膏上臺致詞時，俯瞰著教堂內的親友，竟有種荒謬的疏離感。那時候姊姊因為承受不了過度的打擊，每天晚上躺在旁邊不停啜泣，我卻只想趕快睡著，因為隔天還有好多待辦的事情要處理。

這次也是。大腦本能地切換過去，把接下來要辦理的事情逐一排序。我們提著一袋裝著所有文件、證件、印章的布包，開始跑遍行政流程。有了上次替母親辦理後事白跑好幾趟的慘痛教訓，這回每到一處都仔細把文件類別收納好，能多申辦的份數就多要幾份，臨櫃時無論需要什麼證明資料都馬上能拿出手，務必確保流程順暢，並且準時趕回家做飯。

不到三五天工夫事情告一段落，姊姊回高雄將母親靈骨遷出，驅車往臺北和父親會合。想要在離世後和母親團圓，這大概是父親唯一託付過的事，此生其他事情從未麻煩過別人。帶著兩個女兒，姊姊去領母親的靈骨時，用一只野餐袋把母親拎上車就完成了儀式，讓看守墓園的人大吃一驚。

我們家則滿心期待母親的到來，特別是兩個年幼的兒子出生時就沒見過，只常聽我們提起這位「天堂阿嬤」。我告訴他們，「阿嬤沒來過家裡，讓她來住一晚，隔天再替她搬新家。」為了避免好奇心過盛的兒子打翻骨灰，他實在太想看看阿嬤的樣子，最後我們只好把母親藏在後陽臺角落，委屈她一個晚上。

隔日父親和母親終於會合了，我們都笑說，生前天天鬥嘴，沒想到這般恩愛。「爸爸到天上去，一見面準又要被媽媽嘮叨了。」前一天，帶著孩子們在圖畫紙上畫了祭品，有父親愛吃的辣椒、牛肉麵、水餃，有母親愛吃的水果、珍珠奶茶，和一臺她愛看的電視機（可惜她來不及用到平板，不然肯定更喜歡）。像家家酒一樣，擺上塗鴉的祭品，多了些溫馨與懷念，再一起唱首歌，就將雙親的安厝儀式完成。

比起繁文縟節、大魚大肉，父母親會更喜歡我們這樣張羅。就連醫院在運送父親大體時，通道拉上封鎖線，兩名穿隔離衣的人員推送病床，另有兩名穿戴裝備的人員緊隨在後噴灑消毒水，「爸爸這時候會說，這麼大陣仗啊。」我們知道父親會這樣調侃自己。

法師呢？牧師呢？以疫情為由，一切從簡，也正符合咱家的行事風格。

但還是舉行了線上追思會，目的是讓久久無法團聚的親族有機會分享對故人的思念，特別是因病不便出門的長輩們能得以線上相會。畢竟父親總是掛念的就是親族中的每一位，每週固執地一再問起。也為了讓父親的生命能夠在這場網路串起的追思會畫上完美的句點，若少了這樣的結束，父親將只留下最後的病容在大家心中。為此，我花了好多天剪輯這些年來父親的生活照片、影片，他信手拈來的笑語，嘴邊哼唱老歌的俏皮模樣，在追思的夜晚聚會播放。

網路才一連上線，姊姊早已哭花了臉，我卻從頭到尾像一名事不關己的旁觀者推動儀式進行，語氣沉著冷靜，一滴眼淚也沒有地看著螢幕上分割畫面裡每個人哭紅了鼻子。就如卡繆在小說《異鄉人》中的主角莫梭所表現出來的冷漠，他在守靈的夜晚抽菸、打盹，不但沒有因為母親離世而哭泣，甚至婉拒在蓋棺前看母親最後一面。從喪禮返家後倒頭大睡，隔日趁著假日到海水浴場玩，與女同事嬉戲，還上電影院看喜劇片。莫梭被人們冠上冷漠的罪名，在最後殺人的審判中成為被定罪的關鍵因素。二十幾歲時讀這本小說，莫名被吸引，也接連在後來重讀過幾次。但直到這時候，似乎才更加明白主角的心情，不如說，他的所作所為都和我如此相像，形同分身。

也可能是因為幼時曾見過祖母的告別式上，父親以長兄的身分站在臺上代表家屬致詞，和平日裡沉默、隨和、風趣的形象相比，那才是他真正的樣子。那時我坐在禮堂的前排，看著既陌生又熟悉的父親，一生照顧五個姊弟、長年陪伴在病痛的父母身邊，日日勞累得形同飽受風霜，未曾說過半句怨言。經過三十多年的潛移默化，不知不覺我也期許自己能和他一樣堅強，處處照顧身邊的人。電影《一家之主》中說道，「人忘了自己，什麼潛力都發揮出來了。」為我心中的父親下了一個準確的註解。

過了幾天，公公善意地問是否感到難過，我不知該如何回答，趕緊繼續陪孩子玩，轉移大家的注意力。若有人問我，希望父親可以活得更久嗎？答案是否定。因為我了解他，久病的晚年裡，我知道這是他想要的，如今如願以償，我為他高興。即便有不捨的情感，也是後人該自己消化，而不是強留拖著病痛之軀的人。同時也意識到，曾經的一家人，只剩下姊姊與我了。今後要更加堅強地作彼此的後盾，成為彼此可靠的娘家才行。

我甚至偷偷竊喜有喪假可休息。打從孩子第一次停課來，一年多的時間裡斷斷續續停課，加上工作，有好幾次忍不住跟朋友抱怨，「真希望媽媽也能放假」，滿腦子都想著找機會躲起來偷閒。姊姊也是。所以我們馬不停蹄地辦著後事，奢望爭取多幾日休息，還理直氣壯地想，父親這麼疼我們，一定很高興能藉喪假讓我們喘口氣。在其他人以為我在家傷心不已時，早上把先生孩子送出門，做完家務，便大剌剌躺在沙發上胡亂追劇。看到催淚的橋段時還跟著哭，但關掉劇後，眼淚立刻停了。從沙發上站起來，繼續煮飯。連難過的感覺都沒有浮現，只有一成不變的忙碌步調。

怎麼會這樣呢？想到以《守門員的焦慮》一作為世人熟知的小說家彼得・漢德克在他早年的作品《夢外之悲》之中提到母親逝世後的麻木。就是這種感覺嗎？

在他的母親因長期精神疾患而自殺身亡後，他提筆寫下關於母親的一生。「在這種時候，最糟糕的莫過於他人的參與，即便是一道目光，甚或一句話……」他剛好寫出在我身上發生的相同感受，或許這就是每個人逝去親人時會有的反應？「你正經歷的事，它令人費解也無法言傳。」我甚至懶得跟其他人多說什麼，所以遇到熟人時，只是談著沒有意義的瑣事。如果有人想關心我的心情，「非常忙，忙得沒時間多想。」立刻拋下一句牢固的結語。

但是每天傍晚前，先生和孩子回到家的那一刻，隱約有股薄膜被撕裂開的感受，使我必須從某種狀態回到現實，回應孩子每分鐘都冒出來的需求與問答。有時候會突然想到，這是第幾天了呢？赫然發現，才不過是不久前的事，又像是很久以前的往事。這一場永無止盡的疫情帶來的隔離，竟然讓我們如此習慣沒有父親，生活原封不動地進行著，父親彷彿被存放在另一個時空裡，久久才被拿來把玩一會兒，隨即又擱置在那兒。於此同時，父親的身影又好似駐紮在家裡，他住過的房間、用過的拐杖和戴過的帽子，特地為他在廁所安裝的扶手，都被冠上「姥爺的」（父親老家稱呼外公為姥爺）。就連孩子的其中一隻娃娃從他們一歲起，就被喚作姥爺，在沒辦法去探望時做為父親的分身陪他們玩。

照護機構的人員打來詢問，留在那兒的物品、衣物何時去領取？考慮到父親在那兒染疫，物品就算領回也心有疑慮，索性就請機構代為處置，能用的就捐獻給其他長者。後來才想起，父親的床頭擺了兩幀照片，分別是母親騎在犛牛上的旅遊照，以及母女三人陪同祖母返鄉探親時拍的紀念照。大概已經被當做遭病毒汙染的物品銷毀。

姊姊打電話來說，機車又壞了。一次五百一千的修，師傅說不如換臺新的。但想到那臺車是父親還健壯時的代步工具，兩個小孫女捨不得汰換，寧可在大熱天裡跟在我姊身後，母女仨牽著壞掉的機車尋車行修理。

父親用不同的方式與我們同在。

大學時每逢放假，我把機車裡塞滿要帶回家的東西，塞不下的就裝進行李袋揹著，牽著飼養的柴犬跨上機車，騎將近四十分鐘的路程到火車站。站前有一排租機車的店，兼機車託運。把車子送到店裡託運後，收妥交領的單據，才牽著狗去買客運車票，因為狗沒辦法搭火車。印象中經常遇上好心的車掌或是不管事的司機，所以狗幾乎都能不受阻擋地上車，乖巧地趴在座位旁，人與狗一路睡到高雄。沒帶狗的時候才搭火車，但機車一樣是要託運的。

收假時，順序顛倒輪過一次，不過會提前一天託運機車，才能在隔日下車時順利騎車回學校。領車時心情總有股鬱悶，不情不願地再次在省道上奔馳四十分鐘回到租屋處。

如果記憶能分類成快樂或悲傷、深刻或平淡，這段記憶連分類的資格都排不上。偏偏頻繁地夢見等車的場景，而且每回都是萬分緊張的時刻，要不就是末班車已經出發，得在車站過夜才能搭上天亮的首班車，要不就是擔心一同搭車的人沒現身，獨自被遺棄在車站。還有一次是車輛故障，乘客們只能下車徒步走到車站，再轉搭其他班車回到原本的目的地，我因為找不到班次而憂心不已。還經常夢見騎在陌生的街道上，想不起來租屋處在哪裡，心急如焚地四處尋找，幾乎要哭了出來。

終於有一次夢見父親，在夜晚的路上騎著機車，我安心地把頭靠在他的肩膀上，想不起上一次這樣做是什麼時候。路彷彿無止無盡地為我們延伸，那分安心感沉穩地填滿胸口。這是他走後，頭一回在夢境中現身，為什麼會夢見他呢？早上起來後還久久回味著。直到那天晚上準備睡了才突然想起，這一天是父親節，善體人意的父親自己來到夢裡，再次載我一程，和從前念書時為我們所做的一樣。

而不管是美夢還是惡夢，早晨六點的鬧鐘會即時中斷這些鬧劇，當我又回到穩固的現實，四周熟悉得教人感到帶有安心的厭煩。但是在這分膩人的現實中，關於我成為失去父母親的人這件事，卻沒辦法順利化為現實。沒有人可以回答，這需要多久時間？

這個不真實的真實猶如一顆隨時會破裂的隱形的瘤在腹中，萬一在不該破裂的時候破了該怎麼辦？我不想在別人面前哭泣，更不想在大庭廣眾之下情緒失控，想要在能哭的時候再哭，但是這些都是沒辦法隨意控制。

我只好繼續呼吸、走路、吃飯、睡覺，把每一口氣、每一步路、每一口飯、每一次睡眠都當成眼淚流下，希望在還沒意識到之前，就把沉悶的悲傷一點一點削弱，最後消失。

# 電話亭

車停花博公園，前往北美館的路上要先過中山北路，一條極寬敞的馬路。車輛川流不息，要到燈號倒數為零的瞬間切斷前方之路，才會停歇。站在這一側等待時，瞥見人行道上有兩座電話亭。

你一時興起指給孩子說，「你看，那是可以打電話的小房間。」透明的小房間。

先不說孩子出生時，許多公用電話早拆了，除了少數的場合為了因應緊急聯絡的需求，仍會設置一兩具笨重的方形機具。或者應該說，這些公用電話像逃過一劫似的暫緩拆除，於是它們笨拙的嵌在牆面上，幾乎沒有面容地看著過往的腳步，被人們忽視的同時，也持守著曾經熟悉過的通話模式。

而電話亭就沒這麼幸運了。消失得更快速，更徹底。

曾經步行在公館的巷弄裡，無意間發現路旁不起眼的磚牆內，堆擠著難以計數的電話亭，儘管尚未傾倒，但已顯露出無法挽回地頹敗，在陽光下沉默。想必也在雨夜裡沉默。

多想翻牆而入，奪下一座電話亭，好過它們全都滑落時光的枯井裡，再無人記得。

你是如此喜歡那座透明的小房間。可以打電話的小房間。

曾經無數次握著一把零錢，站在公共電話前，專注地將硬幣投入窄縫，按下號碼，又失落地將手指推開退幣孔的小門板，用指尖滑出裡頭的硬幣，再一次投入那如同深淵的窄縫。電話接通時，不知怎地，談話聲常被話機裡硬幣掉落聲掩蓋，明明想聽清楚對方的聲音，卻更在意投入的錢將用罄，便又急急地餵入更多。

到底那時說了什麼？有什麼事情如此重要得非得打上一通電話，長長的話語禁不起一分一秒金錢的計算，想要說的話永遠比口袋裡的錢幣還多。說出口的話，則像零零碎碎的錢幣，買不了真值錢的玩意兒，只能換些短暫易舊的小東西犒賞。

記憶裡，那話筒是沉的。屬於那年代的草綠色，一種正式、標準的典範，就像臺鐵普快車的綠皮座椅，且具有不可忽視的重量感所帶出的分量。因此掛上話筒時，那沉甸甸的感覺自手心轉移，掛在話機上，咔噠一聲，通話應聲切斷，通話所連結的幻影也消失無蹤。如此飄渺。

也有幾通，是細瑣卻真實的聯繫。好比國中時，躲躲藏藏地打電話，請家人送衛生棉來學校。沒有手機的年代，有些人卻永遠接得到你的電話。高中時，在校園遇見一隻小白狗，又髒又臭，像一坨打結的線團。你竟打回家問媽媽，能帶回去養嗎？媽媽笑說你常這樣，可是你自己卻不記得了。校園裡的公用電話，經常裝設在陰涼的穿堂，陽光斜斜地插入，在地磚上打了個對角線，把世界的黑與白描繪得如此分明。上大學後，你還真撿了條狗，當時已經擁有手機。這次沒問什麼人，就養著。養到有一天放暑假，到火車站前買了一張阿囉哈客運車票，把狗牽上車，帶回家認親。

那時候還時興電話卡，百元價格，省去兌換零錢的麻煩，省得一枚一枚投入的零碎，一口氣把話講透了，卡片上細長的磁線上被畫下記號，一端是過去，一端是未來。結果話也鬆散了，手指頭繞著電話線捲了又捲，等大片的空白如雲影自腳邊流過，等一陣笑聲痛快地把時間甩落。每個同學的書包裡，都有一疊電話卡，用過的也留，留的是青春足印，類似網路世界中累計著關注人數，好像心裡頭某些位置就坐實了，能理直氣壯了。

也說不定電話亭並沒有你以為消失得徹底？這樣想以後，走在路上就會仔細瞧，瞧哪裡還擺著一座兩座透明房間，圍出一個恰恰能容身的方形區塊，一個人站立剛剛好，兩個人也勉強能容身。只是因為透明，又立在交通要口上，天大的祕密都被昭然揭露在人們的眼皮底下，因而透過話筒傳遞的聲音就顯得愈加神祕。

有時你見著在裡頭打電話的人，倚著話亭，偎著聽筒，他們把心頭的話一片片捏麵包似地剝下，沿路撒著。一面前行，一面在訊息繁多如林子裡，彎彎曲曲地繞出一條細小的曲徑。掛上電話後，不知怎地，一地麵包屑都給林中鳥啄去。只是迷途的人，下回還是甘願鑽進電話亭裡，重新把路拾起。特別是大把天光黑去時，竟有些教人羨慕，那信奉話機的人，像被沐浴在電話亭的光裡。

現在你已不懂得怎麼打公共電話，也不知道要打給誰。

想說話的人，想說的話，都在身邊。每天在外面憋了一肚子的話，一家人搶著講，像要把色彩斑斕的話語都從兜裡掏出來往桌上倒，哐啷哐啷地作響。睡前，拉著手，像拉著長長的電話線，不疾不徐地且把短話長說，心中富裕極了。

上週去到百貨公司，地下樓層靠近電梯口幾步路的小空間，商家設置了兩座卡啦ＯＫ電話亭。裡面最多擺兩張高腳椅，投幣後，儘管對麥克風嘶吼吶喊，一首首的情歌不管海枯石爛還是肝腸寸斷，滄桑與青春，收費標準皆平等，不管唱得再婉轉再淒苦，或者再難聽，聲音都被攔在那四方空間裡。

如果要去唱的話，該點哪一首歌呢？過了好幾天，你還是一首歌也想不起來。就像你也想不出可以打電話給誰。

那座透明的房間裡，不論是電話或卡啦ＯＫ機，既有展示的功能，又能與周圍隔絕，而透明的特性維持了內與外的交流，不使其斷然分隔。見到他們那樣地投入唱著說著，總會讓人欣羨。

也許電話亭的功能之中，通話是次要的，最要緊的還是讓人傾訴，有沒有人傾聽已不重要。不管是對著話筒還是麥克風，只要關上透明的那扇門，一種屬於信仰的救贖就會降臨，而且價錢公道。

# 天堂動物園

腹中懷著第一胎時，幸運地受邀觀賞飛人集社劇團的作品《天堂動物園》，記得那也是生產前最後一次進劇場看演出。雖主角化身為一個個造型討喜的動物，但創作者的野心卻不止於逗樂小小觀眾，還想帶來更多啟發、思考與討論。

劇中由不同動物組成的流浪隊伍，因家園遭毀而展開旅途，疲憊、惶恐、困頓與饑饉，不知未來在何方的前進著。好不容易來到有著食物與水的棲身之所，本以為該有個和樂的大結局，故事卻就此打住，交由觀眾們投票決定，該不該讓這群體態巨大、物種相異的動物進入到體型嬌小的犰狳王國之中。

臺上落幕後，看到孩子們興致勃勃地投票，讓人不禁好奇最後的結果。也聯想到那幾年因內戰而大舉逃亡的敘利亞人民，他們舉家爬上車廂、擠上船隻，甚或徒步遷徙，只為爭取活下來的機會。人們對於是否該收容這些數量龐大的難民各執一詞，也為這波移民將帶來的長遠影響擔憂。而當一幅男童幼小身軀隨著海浪被打上沙灘的照片傳出後，震驚世界，人們心頭都緊緊被揪著，也同時感到無能為力的哀傷。

動盪的時代挑戰著人們的同情心與愛心，到底是動盪會先停歇，還是長時間消耗的愛心會先止息？

僥倖逃離戰火後，並不代表就此順遂，故事從這邊才剛要展開。放棄原有的一切，包括家園和工作，融入陌生的國家與文化，學習不同的語言與文字，何其困難。就連搬離一座城市對我來說都會感到不安，我扁平的視野著實難以想像這些巨大的挑戰。

就像用心等待寶寶來臨般，首演結束後，耐心醞釀了四年，劇團交出第二齣作品《天堂動物園：珍珠奶茶事件》。這四年裡，我的兩個孩子也相繼誕生。此外，這四年裡全世界也陷入另一種天翻地覆——新冠肺炎疫情。

各種事情好像都能和疫情扯上關係，有人因此而失去，就有人會獲得。實體商家一間間倒了，網路商城卻大發利市，路上的外送人員越來越多。團購代購店一家家開起，賣日韓歐美商品，滿足人們不能出國旅遊的購物慾，但也常因為疫情而貨物卡在海關，等貨期延長。建商因為缺工缺料，各地工期都延宕，跨國品牌頻頻傳出運作問題，就連麥當勞的薯條都差點缺貨（因馬鈴薯無法順利運送）。還有熟人家裡趕在疫情第一波購入製造口罩的機械，搶到大筆商機。這幾年認識的人，大多只看過戴口罩的面孔，大腦裡會自動補齊口罩底下的下半張臉。因此遇到對方摘下口罩時，經常有真相揭曉的驚喜感。

二〇二一年，期待四年的續集首演前，這回我家多了兩口，受邀前往觀看彩排。敲定時間，跟孩子宣布這個大好消息，還在家事先「預習」第一集的精采花絮影片。第一次要看舞臺劇的孩子萬分期待，我則是抱著戲看到一半萬一孩子大鬧要立刻抓起人來往外跑的打算。

沒想到就在前一週，疫情進入三級警戒，所有大型聚會、展演、運動會等群聚活動一概取消。那可是損失無比慘重啊！憑著做過三兩齣戲的經驗，我概略地想了一下，排練的場地費、演職人員的人事費、餐費等都付諸流水，卻進不了帳，且賣出的票款還要退回。

那段日子人人口罩戴得緊、酒精噴得緊、距離維持得緊，荷包也勒得緊。咬牙撐過後，生活像臺緩步啟動的列車，終究還是回軌道上了，只是還不能放手加速。好不容易又撐過一年，劇團這回捲土重來，恢復排練，距離第一齣作品已有五年，再次敲定演出檔期。我們踏入彩排的現場，長大一歲的孩子懂得也更多些，這回終於要看戲了。

到了犰狳國的流浪動物們被安排在收容所，一待就是好長的日子，形同監禁。但是當社會尚未達成共識，懷疑與不安尚未消弭，歧視與排擠自然存在，族群的融合就難以實現。劇中以大家熟悉的珍珠奶茶做了一道有趣的隱喻，讓人了解到這群無法得到認可為「公民」的流浪動物所遭受的不平等，而社會大眾對牠們的恐懼與排斥則多半來自不了解。

在短短一個多小時的演出裡，當然不可能把這些複雜的問題說明白。然而敘利亞難民從逃亡至今衍生出的問題不勝枚舉，而錯不在任何人，真相是，你實在無法去指責想要守護家園的人與渴望擁有家園的人。

於此同時，烏克蘭的烽火也起，另一波遷移就在眼前發生，未來的事情只能交給未來去煩惱。

相同的景況在歷史中並不罕見，回顧這座小小的島嶼，每個時刻都在上演大大小小的迫遷，一波未平，一波又起。幾年前為了編輯位於高雄的黃埔眷村書籍，挖掘了不少關於他們的故事。第一代居民在戰火顛沛下來到這座小島，民生問題都用急就章之法來解決，因此造就了眷村屋宇從日式建屋到隨機加蓋的生猛形象。就連我的父親也是這樣到來的，雖然當時還是個孩子，但身為長子，他幫忙照顧著弟弟妹妹們，在終於下船後，先將就住在港口邊的菜市場裡，之後搬到大寮的一處空屋，和幾戶人家用布簾劃分出各自的生活範圍，生活十分簡陋。好一段日子後終於分配到一間窄仄的眷村屋宇，從此為家，直到眷改條例頒發後。他和同年代許多人一樣被貼上「外省仔」的標籤，一度被母親的家人反對，幸虧父親講得一口流利臺語，經常被人誇讚，所以最終仍贏得大家的接納。

不久前我因緣際會到訪新店的小碧潭部落，聽族人分享早年過往，五十多年前的頭目帶著族人遷居到新店河畔的此處。這兒是都市邊陲的荒地，只有懂得開墾與捕魚的阿美族人知道如何與之共存。那時的臺灣經濟正要起飛，紛紛蓋起高樓，來自部落的青年貢獻大量的勞動力，堆起一磚一瓦，成就都市榮景。然而他們臨時開闢的家園卻被警力帶著挖土機一次次推倒，族人只能一次次從瓦礫堆中爬起，用廢棄建材拼湊居所。

天堂到底在哪裡？

我雖不知道答案，卻知道他人即地獄的道理。而他人常常是眾數。

踏出劇場時，這些問題在我心中敲打著。過兩天，傳來演職人員確診的消息，雖然不感到意外，畢竟疫情發展至今，政策已走向與疫病共存的階段，但還是忍不住為他們捏把冷汗。

很不幸地，即使已搭好舞臺，做足了最後的準備，還是不敵變化多端的病毒，臺北場首演臨時取消。得知消息時，深感惋惜，這齣命運多舛的舞臺劇就和它劇中的動物們一樣，在時代的海嘯中漂流，奮力往前划著。多虧得團員們的堅持，在一一倒下後，又一一康復，高雄場終於如期演出。

如果還有第三集，會是什麼樣子呢？不由得讓人開始想像。

戰爭暫且還沒成為傳說，病毒仍在變種與肆虐，網路雖已無國界，但各族群間的裂口遲遲無法癒合，我們搏命守護的健康、安全、醫療、信仰，與其他生而為人的權力，同時又是另一種對他人與環境的剝奪。執筆的當下，槍聲響起，日本前首相安倍晉三倒在血泊中的畫面映入世人眼簾，令人哀慟。

天堂，到底在哪裡？

懷著警惕的心，記取歷史的教訓，我們繼續流浪著前進。

# 愛在瘟疫依舊蔓延

等了兩年多，終於輪到五歲以下孩童接種疫苗。大兒子一聽到這個消息，立刻歡呼，「可以跟同學一樣請假去打針了。」按照規定，全校施打疫苗當日與後兩日皆停課，不過當時來不及辦理五歲以下孩童一同施打，所以我們得另外自行預約。小孩請假打針，就代表大人也要請假，還得額外跟他們耗上一天，我當然沒這麼傻。

Y和我施打第一劑時，先後都發高燒，代表疫苗正常發揮作用中。高燒十二小時期間，頭痛欲裂，渾身不知是痠還是疼，但最痛苦的是小孩依然在旁邊又爬又跳，還用玩具針筒幫我補打好幾針，又替我開刀急救好幾回，還真痛啊。

為了避免孩子也有高燒副作用，到時候要連請好幾天假，身為果斷英明的媽媽下令Y預約週五晚間時段施打。這下就可以上完學再去打針，之後有兩天假日讓副作用發揮的緩衝期，全家在家好好歇兩天，星期一無縫接軌回去上學。這就是媽媽的如意算盤。

不過人算不如天算，兩個小孩體力旺盛，沒有任何不適的跡象。拿耳溫槍一量再量，關切地一問再問，有沒有不舒服？孩子想了一下才說，肚子不舒服。搞了半天，原來是餓了。

朋友說，她家小孩的家家酒遊戲橋段裡包括量體溫、噴酒精，還有一定要來上一段確診加隔離的全套戲碼。讓人聽了哭笑不得。

就像孩子愛玩的天性與天真，無論在什麼景況下都不會改變。在這場全球性的風暴中，有些事情也是不變的，而其中讓我最為驚嘆的就屬高中同學S的愛情故事了。

魔幻寫實主義作家馬奎斯在小說《愛在瘟疫蔓延時》裡，把戀人們為愛瘋狂的癡情狀態比喻成染疫一樣無可救藥，甚至有過之而無不及。而疫情蔓延的當口還能奮不顧身的人，必定是有愛的加持。在不同情感之間的情愛中，特別強效的猛藥，又屬愛情。

S的工作礙於疫情停擺好幾個月，然而愛情總在意想不到時來訪，也就在這段全球都閉鎖國境的時期，透過網路結識了遠在地球另一端的情人。兩人每日花上幾個小時視訊，陷入愛河是理所當然的。不過照常理說，就算是再如何驚天動地、一發不可收拾的愛情，在長時間無法相見的非常時期總有被澆熄的一天，然而我所認識的S不是這樣的人。在她溫柔的外表下，有著我所見過最強大的決心與毅力。這分過人的決心與毅力曾經讓她排除萬難，孤身遠赴俄羅斯七年。於是S開始計畫比牛郎織女難度還高的相會。

起初約好由情人來臺灣相會，順便見見家人。但那時候許多國家還未開放，加上抵達雙方國境時都要住進防疫旅館實施十四天的隔離，前後共有二十八天，就足以把一個人的年假用完，哪來的時間相見。這對戀人便又想在地圖上找一個還未被疫情肆虐的地方，同時飛往第三國相會，可惜沒有任何地方逃過這場劫難。相見的日子一天拖著一天，沒有消耗兩人的熱情，反而加深堅定的情感，最後互訂終生。

說真的，一般人實在很難看好這段連見面都極其困難的戀情，更何況是步入婚姻，但幸好S不是需要他人支持才能有所行動的人。憑著她過人的意志力，如果有一天世界要崩塌了，我相信她會是繼續用牢不可破的信念，伸出手指堵住水庫破洞的那個人。而且不知道為什麼，因為是S，所以這些在別人身上看來荒唐的舉動於她都合理且明智，甚至帶有命中注定的感覺。況且她可是曾經在冷到手指都能斷掉的國家待這麼久，住過廁所裡爬滿蛆的學校宿舍，還是像一朵出淤泥而不染的花兒，對生活抱以自信的微笑。

終於，歐洲雖然每日確診人數還是成千上萬，但樂觀與愛好自由的民族性讓他們很快就對口罩解禁，政策早早鬆綁許多。於是S宣布要飛了。

萬一發生意外？萬一對方是詐騙集團呢？萬一在國外確診怎麼辦？萬一萬一萬一，一百個問題在我腦中轉。這可是S第一次踏足這個國家，而且她連當地語言都不會說。直到她傳來兩人合照，全身散發萬丈光芒的幸福，這才一掌打碎我的一百個問題。兩人在短暫五天的相處，像是把計畫的最後一步踩實了，接下來就只剩下按照步驟進行。

S又飛一趟，把異地的工作辭了，把租的房子處理好，拎著行李，頭也不回地上飛機。飛回臺灣後，著手一連串的整理和打包，與無數的割捨，因為再過幾個月她將要嫁到遠方。臨行前，她送兩本書來，說是捨不得丟又沒法帶走，頗有託孤的意味。直到前幾天整理書櫃我才打開來，看見書裡滿滿的筆記、標籤，小而清晰的字跡就像她的人，細膩與精準。

全世界都在染病時，一生從沒真的戀愛過的S談了一場世紀戀愛，每次聽到新的劇情進展，都讓人有種在看好萊塢電影的錯覺，況且現實永遠比戲還精采啊。打完疫苗，S再次孤身展開長途飛行，沒有親人同行，連父母都沒親眼見過這位洋女婿，就這樣毅然決然遠嫁到西班牙的郊區小鎮。婚禮影片裡，她被一群剛結識的異國親友圍繞著，身穿純白素雅的禮服，在古老的教堂裡唸著誓言，美得像一幅畫。而這個有點刺激又美麗的愛情故事，也是她在這場亂世中，為世界所畫出的一幅最美的畫。

後來父親病危的那天半夜，我想找人說說話，不知道可以找誰，想起S。傳訊息問她，「妳那邊幾點？」電話撥過去後，心上一頭亂緒放鬆許多。我問她，「妳在那邊煮什麼吃？」她在這之前可是沒什麼下廚經驗的。

「宮保雞丁！」她回答。我忍不住大笑出來，居然做這麼難的料理，而且要上哪兒去買材料？

又過了幾個禮拜，她傳了一張抱著初生嬰孩的照片，「我當阿嬤了！」當大家還在趕著生理老化前把孩子生完，她居然直接跳過當媽的步驟，升格成阿嬤。

她永遠能帶給我滿滿的驚喜。

從來都沒有駕照的S，此時正在那兒用西班牙語學開車，想到就覺得有趣。不管發生什麼宇宙級的天災人禍，有些人的存在就是能讓人感到安心。

我突然感覺到也許這樣可愛的故事不是S獨有，其實默默在這廣闊的世界遍地開花。就像瘟疫在人類歷史中儘管已興風作浪過無數回，從來不曾真正絕跡，但只要人類還沒全部滅亡，對愛的渴求也會繼續存在，這是任何事都無法與之抗衡及毀滅的。

S還在臺灣時，兩個孩子喜歡找她玩。她這一嫁，下次再見不知何時，到時候孩子不知道還記不記得她。當然，這樣「一期一會」的緣分，也是世界上不變的風景之一吧。

# 雪花球

搖一搖，下雪了。

細細彩片在水裡緩緩落下，是無聲的雪花，落在陶瓷的小房子上、樹上，有時候是雪橇滿載著禮物盒，每個禮物都綁著最美的緞帶，又或者是造型精巧的小人偶，穿戴一身保暖而鮮豔的裝束。凡裝在那只玻璃球裡的，都洋溢著誘人的甜美，像是專司預言好事的水晶球，讓人不得不相信世上也有好心的女巫。

有時候雪花球裡是具有紀念意義的風景，微型的巴黎鐵塔、雪梨歌劇院或自由女神，旅行的短暫記憶被封裝在玻璃球中，為他方的生活做出指證。

走過禮品店時，我喜歡貪玩地把雪花球一個一個拿起來搖晃，讓世界都下起雪來。生活在熱帶國度，從未見過雪，當然把雪與童話王國畫上等號。聽人說雪花輕如鳥羽，下雪的時候，四周被翩然降下的潔白羽毛覆蓋，再多紛擾都能平息。至於雪地如何帶來生活的不便，被踩踏的雪如何骯髒，融雪時的泥濘，都被刻意忽略。

一次置身雪地，因為對雪的認識太稀薄，沒有加以提防，走不了幾步就滑倒。這一跌，才知道害怕，接下來每一步都戰兢。那次旅行雖然還是沒見到落雪，但至少見識到冰冷。這些都是雪花球沒有透露的。

在我單薄的想像中，雪分成兩種。

一種是義大利哲學家卡薩提在著作《絕冷一課》中所描寫，冰雪的堆積與酷寒塑造出一種生活模式，須謙卑地學習，才能夠在極限之地存活下來。這本著作像是一部生存指南，卡薩提一家四口和狗在美國新罕布夏州度過最冷的季節，凜冬帶來各種對生活常識的顛覆。而稍有大意，都可能造成無法挽回的遺憾。然而雪所帶來的寂靜與隔絕，也讓人類活躍的心靈體會到冬眠狀態，排除外在的干擾，回歸到更單純的結晶樣態。那種雪我不敢領教，因此只敢從卡薩提的文字中一窺北境的乾冷嚴冬，一面想像雪花如何一夜之間在窗玻璃上畫出美麗的圖案，一面想像要如何安排一座夠大的倉庫才能儲存燃燒整個冬天的柴薪。那既是生存考驗的試煉場，也是生活哲學的發酵處。

另一種則是霍夫曼在《胡桃鉗》中的甜美雪國。餐桌上堆滿水果蛋糕、甜酒、奶油麵包、烤雞等佳餚，聖誕樹下擺放著包裝華麗的禮物，而窗外則有應景的白雪。背景音樂就來點柴可夫斯基為《胡桃鉗》所譜寫的糖梅仙子或花之圓舞曲，曲調輕盈，糖霜從旋律中灑下，毫不手軟，鋪滿厚厚的一層，連外頭的雪都變成潔白糖粉，在每個人的笑容上化開。這樣的想像當然稍嫌一廂情願，不過正呼應了雪花球中的造景。

像是擁有回憶還不夠似的，人們選擇用完美無瑕的球形把美好的片刻冰封保鮮，這也是雪花球存在的意義。如果要打造一個專屬於自己的雪花球，該選擇放進什麼樣的場景呢？

因緣際會和老朋友聯繫上，透過訊息交換彼此近況，仔細一算，才發現我倆已失聯將近二十年。逝去的光陰裡，我們各自經歷生命的跌宕，然而在這當中仍有一些事物是如同季節一樣不會改變。

在訊息的來回之間，往日相處的點滴漸漸浮現，曾被輕率地拋在腦後的無色時光，此時卻像透明的水，提供漂浮的力量讓雪花得以曼妙地旋轉飛舞。上課時，我們不見得常坐在一起，因為她總是準時到教室，我則是睡到姍姍來遲，躲在教室的角落。她茹素，我一餐不可無肉，特別愛吃學校附近的牛肉麵，加一勺豆瓣醬，奇香無比，但對她長久養成的味覺與嗅覺來說卻是折磨，不過她還是願意忍受這樣的臭，和我共處一室。不只如此，我們幾乎沒有相同的興趣，想法也不一定契合，有時候甚至像在各說各話。下課後，不在學校的時間裡，我喜歡獨自在學校附近的稻田間騎車兜風。奇怪的是，記憶中幾乎田裡永遠是收穫的金黃，蓬蓬鬆鬆地覆蓋在視野所及之處，像一頭伏在田裡熟睡的巨大棕獅，憨厚而善良。老實說，除了狗以外，她是我在外地念書唯一的朋友。我既不懂得如何交朋友，也不懂得如何融入團體，把自己活得太孤單，又不知道該怎麼轉圜。但幸好年輕的生命容易淡化細節，畢業後因為距離的緣故我們自然疏遠，偶爾在社群媒體出現的動態像是星宿自遙遠天際發出的訊號，很容易就被眼前的光害取代，更何況閃爍在眼前的光是如此誘人。我從來沒想過要再回去那個地方，沒再見過那些曾流連忘返的稻田與失魂落魄時呆望的廣闊地平線。昔日同窗的聯絡方式，隨著換了新的手機，一個也沒留下。猶如誤植的記憶，被割去後也不覺得可惜。

我們從剛成年的女孩轉眼間踏入中年前半，這十多年間到底經歷了多少事？真要細細數算時，赫然發現過去珍而重之的事物比起當下的樸實，就如同光芒褪去後的寶石，都不值得再提，而不曾被重視的牽掛才是指路的微光。

對著螢幕不停地輸入想到的話，打字的速度比不上思緒的翻動，彷彿一通意外被掛掉的電話，再度接通後便急著要把先前還沒說夠的話都說完，而這十幾載中斷的等待絲毫沒有影響交談的濃度，反而增添了厚度。

連續幾日斷斷續續傳送訊息，透過友人的記憶，投影出當年的我。過去不惜要磨滅與背叛的自己，原來可以保留在另一個人心中，甚至被美化得更好。

慢慢地，像是得到鼓勵，我鼓起勇氣開始和幾位老同學聯繫，透過網路互加好友。在社群媒體上看到他們的現況，無論是美滿的家庭、自在的生活、順遂的事業，或者一時的失意、工作的迷惘、面對傷痛與分離的狼狽，我看見的仍然是最初認識的那個人。我們一點都沒變，但又改變了許多。

搖一搖，下雪了。記憶之雪緩緩飄落，自私、粗暴、任性、銳利與青澀都被覆蓋在雪原下，平靜無瑕。

可能是因為這樣，我越來越喜歡閱讀關於雪的故事。

後來我又認識到另外一種雪景，那是在德國作家羅伯特・謝塔勒小說《一生如寄》中呈現的世界。在那裡，雪占有強大的勢力，帶來觀光商機與就業機會，同時也剝奪生命，甚至能用冰河埋藏一個人死去的祕密長達幾十年。然而越是險峻的生存條件，越能夠提醒自負的人類該保持活著的單純與專注。所以當小說裡的主角艾格在童年遭受家暴而失去健康的腿，在終於得到愛情後又瞬間失去愛人，連奔赴戰場時都未能獲得重視，就這樣經歷了常人眼中漫長且不幸的一生，極其孤單地學習和悲痛和平共處，儘管漸漸成為人們眼中的獨居瘋老頭，卻能夠被單純與專注拯救，最終不留遺憾地迎向人生的尾聲。

此作原德文書名是「完整的一生」，但是我更喜歡中文書名將其短暫表達出來，像是一個回眸，望見行過的足跡早已被大雪抹去的意境。而我們的一生與大自然相比，實在有如飄渺易逝的雪花。

所以無論有多喜愛，無論把玩過多少次，我終究從未擁有過任何雪花球，總是把它們小心地放回架上便離開了。也許是因為始終沒辦法決定，到底該選擇留下哪個場景作為永遠的紀念，也可能是因為隱約之中已然明白，只要擁有一片單純與專注的留白就足夠了。

新人間叢書 380

# 來日方糖

作　者—夏夏
副總編輯—羅珊珊
責任編輯—蔡佩錦
校　對—蔡榮吉、蔡佩錦、夏夏
內頁排版—新鑫電腦排版工作室
封面設計—朱疋
行銷企劃—林昱豪
總 編 輯—胡金倫
董 事 長—趙政岷
出 版 者—時報文化出版企業股份有限公司
108019台北市萬華區和平西路三段二四〇號四樓
發行專線—（〇二）二三〇六—六八四二
讀者服務專線—〇八〇〇—二三一—七〇五
（〇二）二三〇四—七一〇三
讀者服務傳真—（〇二）二三〇四—六八五八
郵撥—一九三四四七二四時報文化出版公司
信箱—10899臺北華江橋郵局第九九信箱
時報悅讀網—http://www.readingtimes.com.tw
思潮線臉書—https://www.facebook.com/trendage
法律顧問—理律法律事務所　陳長文律師、李念祖律師
印　刷—家佑印刷有限公司
初版一刷—二〇二三年二月十七日
定　價—新臺幣四〇〇元
（缺頁或破損的書，請寄回更換）

時報文化出版公司成立於一九七五年，
並於一九九九年股票上櫃公開發行，於二〇〇八年脫離中時集團非屬旺中，
以「尊重智慧與創意的文化事業」為信念。

來日方糖 / 夏夏 著. -- 初版. --臺北市：時報文化出版企業
股份有限公司, 2023.02
272面；14.8×21公分. --（新人間叢書；380）
ISBN 978-626-353-439-1（平裝）

863.55　　112000183

ISBN 978-626-353-439-1
Printed in Taiwan